Chère Lectrice,

Vous qui rêvez d'un monde merveilleux, vous qui souhaiteriez parfois vivre l'histoire d'une héroïne de roman, vous avez choisi un livre de la Série Romance.
Vous verrez, en lisant cette aventure passionnante, que la chance peut sourire à tout le monde – et à vous aussi.
Duo connaît bien l'amour. Avec la Série Romance, c'est l'enchantement qui vous attend.

Un monde de rêve, un monde d'amour,
Romance, la série tendre,
six nouveautés par mois.

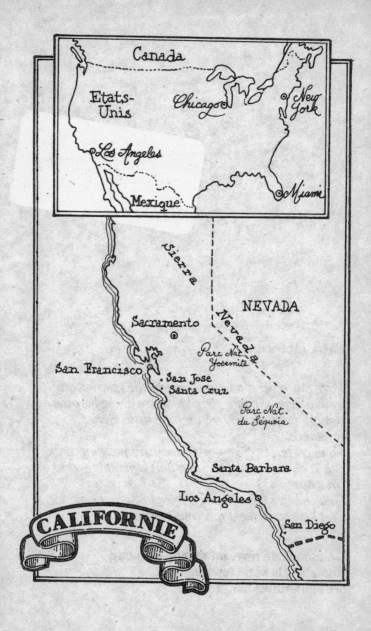

Série Romance

RUTH LANGAN

Comme un ouragan

Duo

Les livres que votre cœur attend

Titre original : *No Gentle Love* (303)
© 1984, Ruth Langan
Originally published by Sɪʟʜᴏᴜᴇᴛᴛᴇ Bᴏᴏᴋs,
division of Harlequin Enterprises Ltd,
Toronto, Canada

Traduction française de : Frédérique Boos
© 1985, Éditions J'ai Lu
27, rue Cassette, 75006 Paris

Chapitre premier

— Il faut absolument que tu m'écoutes, Paddy. Pourquoi n'es-tu pas plus raisonnable ?

Le malade répondit par une espèce de grognement et sa main se crispa sur le drap du lit d'hôpital.

— Et j'en ai assez de t'entendre gémir comme un chiot qui vient de naître !

Elle guettait sa réaction, faisant appel à toutes les ressources de son imagination — et il ne fallait pas en manquer pour encourager un homme aussi récalcitrant. Levant la main avec autorité, elle l'empêcha de protester et reprit :

— Le Dr Simpson affirme que tu pourras quitter l'hôpital dans deux ou trois semaines, mais à condition que tu coopères avec les infirmières et que tu suives le traitement correctement ! Je sais bien qu'il te tarde de rentrer à la maison... Seulement, tu ne seras pas autorisé à sortir d'ici avant la fin de ce traitement sans lequel tu ne retrouveras jamais le plein usage de tes membres. Pourquoi fais-tu tant de difficultés ? C'est pourtant simple à comprendre !

Debout près de la porte, une jeune infirmière assistait, avec un sourire indulgent, à la dispute hebdomadaire entre le père et sa fille. Une dispute qu'elle connaissait presque par cœur.

Raide comme la justice contre ses oreillers, Patrick Halloran fixait Karen d'un regard lourd de tempêtes... Et celle-ci, sans se soucier de son mètre soixante et de ses cinquante kilos, affrontait cet homme imposant et lui faisait la leçon avec une énergie et une force de conviction inattendues chez un aussi petit bout de femme. A cet instant, ses longues boucles auburn dansaient sur ses épaules et ses yeux noisette étincelaient, preuves qu'il avait vraiment réussi à la mettre en colère.

Elle était venue à l'hôpital en tenue de week-end : jean délavé et tee-shirt imprimé d'avocats bien verts parmi toutes sortes de fruits tropicaux. Des baskets qui semblaient n'avoir jamais connu de jours meilleurs complétaient cette toilette d'une élégance contestable mais qui était son uniforme dès qu'elle sortait du bureau.

Et les bras croisés, l'œil sévère, elle donnait encore des instructions à son père, d'un ton qui laissait présager des représailles impitoyables s'il osait ne pas s'y conformer.

— Si j'apprends par une infirmière que tu as négligé tes exercices, je viendrai moi-même tous les jours après mon travail et nous y passerons toute la nuit s'il le faut, mais je te jure que tu les feras jusqu'au bout et sans en manquer un seul !

Patrick Halloran parut soudain un peu ébranlé par la détermination de Karen. Il poussa un long soupir, trahissant sa lassitude. Aussitôt, sa fille s'approcha de lui, affolée de ne pas le voir s'insurger...

— Laisse-moi un peu tranquille, Karen. Je suis un vieil homme, tu sais. Je n'ai plus les forces nécessaires.

— Un vieil homme, toi ? Je t'interdis aussi de dire ça...

Elle sourit et se pencha pour l'embrasser tendrement.

— Et surtout, n'oublie pas ! A la première plainte des infirmières, j'arrive en courant ! Il faut que tu te soignes, Paddy.

Karen appelait son père Paddy depuis le jour où, toute petite et très en colère, tapant du pied pour affirmer sa jeune volonté, au lieu de dire papa, elle avait lancé un Paddy retentissant, surnom donné à son père par ses amis. Il n'avait pu alors s'empêcher de rire, trop attendri par cette audacieuse initiative pour songer à la gronder. Aujourd'hui, elle ne lui donnait ce nom que lorsque ce qu'elle avait à lui dire était grave ou très sérieux et il ne s'y trompait jamais.

Il avait cinquante-cinq ans et il était très beau avec ses cheveux blancs incroyablement épais et les mèches qui retombaient toujours sur son front. Après tant d'années passées à travailler la terre, sa peau était tannée par le soleil de Californie et, dans ce visage si brun, le vert de son regard faisait un effet presque magique. Les petites rides qui entouraient ses yeux témoignaient que s'il tempêtait souvent, il lui arrivait tout aussi souvent de rire.

— Laisse-moi, maintenant, Karen. Je connais le refrain. Pas la peine de me répéter toujours les mêmes conseils. J'ai besoin de dormir...

Radoucie, elle lui serra très fort la main entre les siennes.

— D'accord... Je t'aime, papa. Bonne nuit.

Il lui jeta un regard aigu, à la fois ému et déconcerté par sa tendresse. Il était plus à l'aise quand ils se disputaient, c'était certain.

— Et sois prudente sur la route, ajouta-t-il, un peu éperdu et embarrassé par cette émotion. Le trajet est long...

— Ne t'inquiète pas, je connais le chemin par cœur.

— Je sais. Raison de plus pour que je me fasse du souci pour toi...

— Tu ferais mieux de penser à ce qui se passera si les docteurs ne te déclarent pas apte à quitter l'hôpital dans quinze jours ! Ça devient dur d'avoir de l'énergie pour deux, Paddy. Si tu te prenais un peu en charge ?

Karen souffrait d'avoir à lui parler si durement mais il le fallait. Pour son bien. Elle resta un instant silencieuse, comme pour laisser le message bien pénétrer l'esprit de son père, puis elle demanda avec une douceur subite :

— On fait toujours équipe, Paddy ?

Il sourit. C'était le mot de passe de leur affection depuis si longtemps...

— Oui, mon petit. Et une sacrée bonne équipe.

Du bout des doigts, elle lui envoya un baiser qu'il fit semblant d'attraper au vol de sa main valide.

Craignant de s'attendrir, elle sortit très vite. Depuis trois mois, elle venait en voiture à Carmel par la route de San José à Monterey, chaque vendredi soir, après son travail. Et elle passait le week-end à rudoyer son père pour l'empêcher de se laisser aller. Tout le personnel de l'hôpital savait que, sans le dévouement de Karen, Patrick Halloran — un Irlandais capable d'être aussi obstiné et intraitable que sa fille — serait certainement resté impotent après l'attaque qui l'avait terrassé. Dès le début, elle s'était servie de ce caractère indomptable pour obliger son père à lutter pied à pied. Elle n'avait cessé de le provoquer sciemment, afin de le pousser à réagir. Et le résultat la récompensait de sa peine puisqu'il pourrait sans doute rentrer chez lui sous peu.

Dans le silence de sa chambre, Patrick Halloran se redressa autant qu'il le put sur ses oreillers. Par la fenêtre, il pouvait apercevoir le parking. Quand la mince silhouette de Karen apparut, il resta ainsi, le cou tendu malgré la douleur, pour la voir jusqu'à la dernière seconde. Lorsqu'elle fut assise dans la voiture, il se laissa retomber sur son lit et demeura immobile, l'air pensif.

Il était si fier de sa fille... Elle savait ce qu'elle voulait et elle pouvait travailler dur pour l'obtenir. Au collège comme à l'université, elle avait toujours très bien réussi tout en consacrant une grande partie de son temps à la ferme. Dès douze ans, elle avait su conduire un tracteur aussi bien qu'un homme et, pendant les récoltes, elle avait fourni le même effort que les autres ouvriers sans la moindre défaillance. Pourtant, cette énergie farouche inquiétait parfois son père. Certains de ses amis ne lui avaient-ils pas laissé entendre qu'elle était peut-être un peu trop volontaire... ? Oui, on lui avait reproché d'en avoir fait, en quelque sorte, un garçon manqué... Patrick ne l'avait pas encouragée sur ce chemin, bien sûr. Mais comme ils avaient toujours vécu ensemble — et formé une sacrée bonne équipe... — elle avait tout naturellement partagé son goût pour l'exercice physique. Le tennis, le golf, les sports les plus divers n'avaient aucun secret pour elle et, dès l'adolescence, elle l'avait souvent battu à ses jeux favoris.

Il soupira. Oh ! Karen avait eu des soupirants...

Une foule de garçons avait déjà tourné autour d'elle. Elle était si jolie qu'elle les séduisait aussi sûrement que le pollen attire les abeilles! Et, là encore, certains de ses amis avaient murmuré qu'un père comme lui était un rival difficile à égaler pour un tout jeune homme. D'autre part, ce n'était que grâce aux liens très particuliers qui les unissaient qu'ils avaient pu tous deux surmonter la tragédie... Car la mort de Katherine avait laissé seuls un mari désemparé et une petite fille de huit ans complètement terrifiée.

Patrick Halloran pensa avec agacement aux critiques de ses amis. Pourquoi ne comprenaient-ils pas que si sa fille ne jouait jamais les timides, c'était tout simplement qu'elle ne l'était pas? Etait-ce sa faute à lui si peu de garçons acceptaient de se faire régulièrement battre à plate couture par Karen aux échecs ou au tennis? Elle gagnait toujours... Elle était née pour ça. Une Halloran ne pouvait pas perdre.

Karen roulait sous la pluie. De temps à autre, elle massait son cou douloureux, luttant contre la fatigue. Elle connaissait trop bien ce paysage pour qu'il puisse maintenir son attention en éveil. Et la côte de la Californie du Nord déployait en vain sa sauvage beauté. Les vagues qui venaient se briser au pied des falaises ou mourir sur les longues plages de sable blanc, elle ne les voyait plus...

Cela faisait bientôt un an que, ses études terminées, elle avait quitté la maison familiale pour commencer une carrière, qui s'annonçait brillante, à Silicon Valley, haut lieu de la technologie de pointe. La solitude avait d'abord été sa principale ennemie. Tout lui manquait, à cette époque : les champs qui s'étendaient à perte de vue, la ferme et surtout son père, un peu ours à ses heures mais qui avait su l'élever seul et qu'elle adorait.

Et puis, grâce à cette indépendance, à ce caractère bien trempé hérités de Patrick Halloran et malgré sa terrible nostalgie du foyer, elle s'était accrochée et avait réussi à trouver sa place dans ce nouvel environnement. A vrai dire, elle aimait la difficulté et cherchait toujours de nouveaux horizons à conquérir. C'était déjà pour cela qu'au lieu de suivre la voie tracée par son père, elle avait choisi l'électronique, cette technique d'avant-garde où la compétition était rude, comme un défi à relever. Et elle n'aimait que ça, relever les défis. Tirer son père d'affaire en avait représenté un autre qu'elle était sur le point de gagner mais elle se sentait vidée de toute son énergie. Pour elle comme pour lui, ce trimestre n'avait été qu'un long cauchemar.

Elle le savait trop farouche et solitaire pour supporter l'immobilité et les contraintes de l'hôpital. Travailleur acharné — il cultivait l'avocat —, levé à l'aube, couché bien après le soleil, il s'était astreint ces dernières années à un rythme épuisant. Rien ne lui faisait plus plaisir qu'une bonne récolte, surtout s'il avait dû triompher des éléments pour l'obtenir. Et il aimait à se vanter de pouvoir battre ses amis au tennis après une journée de travail !

Les mains de Karen se crispèrent sur le volant. Il y arrivèrait encore. Même si pour cela elle devait compromettre sa carrière, sacrifier sa vie personnelle, elle irait avec lui jusqu'au bout du chemin. Jusqu'à la guérison.

Bien sûr, la rupture de ses fiançailles avait été

un choc pour elle. Joe, le patient Joe, n'avait pas supporté ses absences perpétuelles. Il aurait voulu qu'elle l'épouse et qu'elle abandonne son travail pour mieux s'occuper de son père... et de lui. Mais Karen ne voulait pas lâcher son métier. Elle avait travaillé trop dur pour y arriver. Et comme il n'était pas question d'abandonner Paddy... eh bien ! elle avait dû renoncer à Joe. Et à bien considérer les choses, c'était elle qui avait provoqué la rupture. Et finalement, elle en ressentait du soulagement. Ce qu'au début elle avait pris pour de l'amour n'était peut-être que ce besoin qu'on a de se raccrocher à quelqu'un quand tout va trop vite autour de soi... Si elle avait réellement aimé Joe, aurait-elle sans cesse repoussé le moment de fixer une date pour le mariage ? La maladie de son père lui avait fourni un prétexte pour le quitter, voilà tout. La vie avec lui aurait été tranquille et sécurisante. Et aussi terriblement ennuyeuse. Il manquait à leur amour cette espèce d'étincelle magique qui transforme tout... Paddy avait-il raison quand il l'avertissait qu'elle plaçait la barre trop haut, qu'elle ne pourrait pas tout obtenir ? Peut-être. Elle avait sans doute gâché sa chance de vivre calmement auprès d'un époux dévoué. Oui, mais pourquoi se sentait-elle si étrangement libre, depuis cette rupture ?

Encore un virage et elle distinguerait les lumières qui marquaient sa première étape : celles du motel-restaurant où l'on pouvait déguster, en contemplant la côte, des fruits de mer et de somptueuses soupes de poissons...

Dès qu'elle aperçut le visage familier de Karen, la patronne vint l'accueillir en souriant et l'escorta à sa table habituelle, près de la cheminée.

La jeune femme se débarrassa de son trench-coat, jeta un bref coup d'œil au menu, commanda et se laissa aller sur son siège avec un long soupir. Cette halte lui ferait du bien. Elle avait besoin de se détendre un peu avant de commencer une nouvelle semaine de travail.

En la voyant entrer, l'homme accoudé au bar pensa qu'elle ressemblait à un petit lutin roux émergeant de la nuit. La pluie avait accroché mille petits diamants à ses cheveux tout frisés par l'humidité... Lorsqu'elle enleva son imperméable, il contempla lentement sa mince silhouette, s'attardant sur la rondeur des seins moulés par le tee-shirt. Voyant tous ces avocats imprimés sur le coton, il sourit.

Karen faisait face à la cheminée. Les flammes dansaient dans ses yeux dorés, faisaient bouger des ombres sur son visage et donnaient à sa peau encore humide de pluie la beauté lisse du satin.

Il but tranquillement une gorgée de vin et continua à l'observer. Dissimulé dans l'ombre, il pouvait regarder ses traits ravissants sans paraître insolent. Il aimait la dévorer du regard. Il y avait quelque chose en elle qui lui inspirait un curieux sentiment de plénitude. Etait-ce son air de liberté, de jeunesse, d'innocence...? Ce soir, il en avait assez du monde des affaires. De la concurrence féroce entre requins avides et dangereux... Quel bonheur ce serait d'entendre un rire clair, de contempler un visage qui ne dissimulait rien, qui respirait la tendresse. Rien d'autre. Juste la tendresse.

La serveuse apporta un verre à Karen et l'homme fut surpris. Etait-elle assez âgée pour avoir droit aux boissons alcoolisées ?

13

Puis on lui servit la fameuse soupe. Elle la savoura lentement, visiblement réconfortée par sa chaleur épicée. Après cela, on remplaça le grand bol, devant elle, par une assiette de poisson blanc, et elle parut réchauffée — encore plus belle.

— C'était bon ? lui demanda gentiment la serveuse.

— Excellent. Exactement ce qu'il fallait pour me remettre sur pied !

Effectivement, elle ne s'était pas sentie si détendue depuis longtemps. La douceur de sa voix atteignit le coin d'ombre d'où on l'observait.

Subitement, l'homme eut une idée qui n'était pas du tout dans son caractère. Une impulsion. Parce qu'il la voyait seule, légèrement soucieuse, et parce qu'il savait que, comme lui, elle allait de nouveau affronter la nuit pluvieuse... Il appela discrètement la serveuse.

Quelques minutes après, celle-ci déposait sur la table de Karen un second verre de vin blanc.

— Je n'en ai commandé qu'un...

Il l'entendit murmurer ces mots. La serveuse expliqua, désignant d'un signe de tête le bar où il était assis.

Intriguée, Karen scruta la pénombre, cherchant à distinguer ses traits.

— Je ne peux pas accepter, fit-elle d'un ton ferme.

Encore un dragueur... La serveuse haussa les épaules et remporta le verre.

— Je suis désolée... dit-elle en passant à côté de l'homme. Elle n'en veut pas.

Brusquement, il se sentit très maladroit. Il avait été fou d'imaginer qu'elle aurait pu accepter ! De sa part à lui, c'était un geste tendre et

14

romantique. Mais elle, comment aurait-elle pu deviner qu'il n'avait pas une autre idée en tête ? Il l'avait blessée. Mieux valait partir, maintenant. Demain, sa journée serait longue et il avait besoin de sommeil. Pourtant il ne bougea pas, hypnotisé par le délicat visage, la chevelure auburn qui flamboyait comme un incendie...

Elle but son café, paya et enfila son trench-coat. L'homme se leva, jeta quelques pièces sur le comptoir et, sans l'avoir prémédité, se retrouva à la porte au même instant qu'elle. Il s'effaça pour la laisser passer. Elle sentait bon. Une odeur fraîche de savon... Il sourit quand les yeux noisette se tournèrent vers lui.

Elle parut hésiter une fraction de seconde, l'examina avec un détachement calculé puis porta ostensiblement son regard ailleurs et sortit. Cet homme avait vraiment du toupet !

Il réprima son envie de rire. C'est qu'elle était carrément furieuse ! La colère rosissait ses joues, enflammait son regard. Jamais il n'avait vu un visage aussi expressif.

Il retrouva sa Porsche et reprit la route qui longeait la côte. Dans son rétroviseur, il remarqua les phares d'une voiture qui roulait derrière lui, à vitesse plus réduite.

En le voyant d'aussi près, Karen avait d'abord ressenti un choc. C'était étrange... Ces yeux pénétrants, ces cheveux noirs, cette moustache... Il semblait trop beau garçon pour être honnête. Elle n'arrivait d'ailleurs pas à s'expliquer sa conduite. Il n'était pas du genre à avoir besoin de draguer dans les auberges. Il avait suffisamment d'allure — et, d'après sa Porsche, suffisamment d'argent — pour que les femmes viennent à lui sans qu'il bouge le petit doigt...

Peut-être voulait-il simplement être gentil ? Gentil... Quelle absurdité ! Un homme n'offrait pas à boire à une inconnue par pure générosité ! Malgré son irritation, elle ne pouvait s'empêcher d'éprouver de la satisfaction. Quitte à attirer l'attention de quelqu'un, il n'était pas désagréable que ce soit celle d'un beau garçon ! Mais pourquoi l'avait-il choisie ? Il y avait certainement d'autres femmes dans ce restaurant... Elle décida de résoudre ce délicat problème un autre jour. Ce soir, elle était beaucoup trop fatiguée et il lui restait encore une heure et demie de route.

Après avoir suivi les feux arrière de la Porsche un bon moment, elle les avait perdus de vue. La voiture de Karen n'avait rien d'un engin de course ! Elle l'avait achetée pour sa résistance, sachant qu'il lui faudrait chaque week-end faire pas mal de kilomètres. Mais elle était une excellente conductrice et, comme elle adorait la vitesse, elle s'était promis de choisir la prochaine en fonction de sa rapidité. Pour le plaisir !

Elle frissonna... Les cadrans du tableau de bord luisaient dans la pénombre. Encore un week-end de passé et demain... demain, il faudrait être en forme. En attendant, elle n'avait plus qu'une obsession : retrouver son lit !

— Tu as entendu parler du nouveau directeur ? Il arrive ce matin. Il paraît qu'il a fait un scandale à la lecture des rapports mensuels ! Manque d'efficacité, je ne sais quoi encore... Et là-dessus, on lui a appris qu'il faudrait qu'il travaillé avec l'équipe de Mac Snowdon avant de pouvoir choisir son propre personnel !

— C'est vrai ? s'étonna la blonde à qui s'adressaient ces paroles.

Et elle s'arrêta un instant de se maquiller.

— Je plains cette pauvre Karen! Qu'est-ce qu'elle va faire?

— Je n'en sais rien, répondit sa collègue en faisant gonfler sa coiffure devant la glace. Mais à sa place, je me méfierais... Le nouveau grand chef est capable de la renvoyer au pool des dactylos!

Elles quittèrent les toilettes pour regagner leur bureau sans avoir remarqué qu'au lavabo voisin, séparé par une demi-cloison, Karen se recoiffait. Rouge de colère, elle constatait une fois de plus que les langues allaient bon train! Malgré le gigantisme de cette société, il était impossible de garder un secret à la *Computer International*. Il suffisait d'une demi-journée pour que tout le monde sache tout.

Elle rectifia son rouge à lèvres, refit son chignon avec dextérité et examina le résultat d'un œil critique. Il fallait faire bonne impression. C'était aujourd'hui qu'elle rencontrait Dirk Carlson, l'ancien président — et propriétaire de la grande société qui venait de fusionner avec la *Computer International*. Il entrait ici — à la CI, comme disaient tous les employés — en tant que vice-président, remplaçant Mac Snowdon, le patron de Karen qui prenait sa retraite. Mac n'avait pas caché à la jeune femme que Carlson serait du genre difficile à satisfaire et qu'il voulait choisir librement son équipe, après la période de mise en route. L'emploi de Karen, comme celui de tout le département, pouvait donc être remis en cause du jour au lendemain.

Cher vieux Mac... Il lui avait prodigué tant de conseils, tant de mises en garde aussi. Elle n'avait parlé qu'à lui de l'accident de son père et il était le seul à savoir qu'elle lui consacrait tout ce temps. Il faudrait désormais qu'elle arrive à tout concilier, sa carrière à la CI et son rôle d'infirmière, mais sans compter sur la compréhension de son nouveau patron. De toute façon, elle ne lui dirait rien de sa vie privée.

Les dents serrées, elle se rendit à son bureau. M. Dirk Carlson allait découvrir ce qu'il en coûtait de menacer l'emploi d'une Halloran ! S'il croyait qu'elle allait baisser l'échine sous prétexte qu'il pouvait la renvoyer, il se trompait lourdement ! La guerre était déclarée entre Karen et ce génie de l'électronique qui, à trente-trois ans, était l'un des plus jeunes dirigeants d'une très importante société américaine, aux ramifications internationales. Il avait une impressionnante carrière à son actif, ayant commencé à construire des ordinateurs dans son garage pour finir à la tête de l'entreprise qui fusionnait aujourd'hui avec la CI... Son nom était célèbre dans le monde des affaires. On savait qu'il fallait compter avec Dirk Carlson.

Les portes de l'ascenseur s'écartèrent devant la jeune femme. Il était neuf heures. Prête à affronter son nouveau patron, elle avait retrouvé tout son calme. A quoi pouvait bien ressembler ce Dirk Carlson ?

Quelques minutes plus tard, on frappait à la porte de son bureau. Elle leva les yeux. Mac apparut sur le seuil, lui cachant la personne qui le suivait. Il adressa un clin d'œil malicieux à Karen. Le grand moment était arrivé !

— Dirk Carlson, fit Mac en s'écartant... je vous présente votre nouvelle assistante, Karen Halloran.

Si elle n'avait pas été assise, elle en serait certainement tombée par terre. Immédiatement, elle se raidit, s'efforçant de ne pas perdre son sang-froid. Il n'y avait pas d'erreur possible. Cette allure, cette moustache arrogante, cette carrure imposante... Elle avait déjà vu cet homme la veille, au restaurant...

Chapitre deux

Elle le fixait en silence — non pas les larges épaules et le costume sombre, impeccable — mais son visage. Les lèvres pleines et sensuelles, pas l'ombre d'un sourire, le bronzage uniforme, typiquement californien. Rien dans son attitude n'annonçait qu'il l'avait reconnue. Il n'y avait pas la moindre chaleur dans son regard. Mais, à l'instant où il était entré, elle l'avait vu retenir son souffle une fraction de seconde. Ainsi, il était aussi stupéfait qu'elle... Il faisait cependant preuve d'une parfaite maîtrise de lui et Karen pria le ciel d'être à la hauteur.

Ses cheveux noirs étaient coupés très court et, pourtant, quelques mèches s'étaient échappées et bouclaient sur son front. Il sortait manifestement de chez le coiffeur. Voulait-il impressionner le malheureux personnel terrorisé ?

Elle serra fermement la main qu'il lui tendit et déclara avec un petit sourire glacial :

— Bienvenue à *Computer International*, monsieur Carlson.

— Merci, mademoiselle Hallorey.

— Halloran.

— Ah oui... Halloran.

Une lueur ironique passa dans son œil sombre, lui donnant une seconde l'air presque fripon, puis

20

il se dirigea vers le bureau de Mac... le sien à partir de ce jour.

La porte se referma derrière eux et Karen entendit Mac préciser :

— Elle vous aidera à prendre connaissance des affaires en cours. Karen est une personne extrêmement précieuse.

La réponse frisait le sarcasme :

— Précieuse ? Elle semble l'être, en effet, si j'en juge à sa feuille de paie ! Et j'espère bien qu'elle va m'aider. C'est pour ça qu'on l'emploie, n'est-ce pas ?

Elle fronça les sourcils. Ah ! il le prenait ainsi ? Parfait ! M. Je-sais-tout pourrait toujours essayer de se débrouiller tout seul : elle ne l'aiderait pas plus que son salaire ne l'exigeait. Dire que c'était ce désagréable personnage qui menaçait son emploi... et qui l'avait honteusement draguée la nuit précédente ! En fait de champion de l'informatique, il avait plutôt une tête de séducteur en goguette !

Trahissant son exaspération, ses doigts tambourinaient nerveusement sur le bois du bureau. Mieux valait garder son calme. Ça n'était pas le moment de se faire remarquer... La plus petite erreur risquait de lui être fatale, étant donné l'état d'esprit de son nouvel employeur...

Car il ne fallait pas se leurrer. Si Karen ne parvenait pas à s'accommoder de cet homme, il lui ferait redescendre tous les échelons acquis jusqu'ici, et son salaire suivrait le mouvement... Or, il était capital qu'elle conserve son poste. Elle se jura que M. Carlson aurait bien du mal à la prendre en défaut. Quoi qu'il lui demande, elle ne se plaindrait jamais. Karen aimait trop son travail pour risquer de le perdre aussi bêtement.

Et puis, si elle avait travaillé dur pour devenir l'assistante du vice-président, les contraintes du métier la poussaient à un perpétuel dépassement d'elle-même et c'était bien ce qui lui plaisait le plus. Elle ferait donc ce qu'on attendait d'elle et même au-delà. Que Dirk Carlson l'apprécie ou la déteste, il ne trouverait pas le moindre prétexte pour la remplacer...

Les deux hommes restèrent presque une heure enfermés. Soudain, Karen entendit le bip-bip de son interphone. Elle était si tendue qu'elle sursauta.

— Monsieur ?

— Voudriez-vous venir nous rejoindre, mademoiselle Halloman ?

— Halloran...

Dès qu'elle entra dans le bureau, son nouveau patron l'examina d'un regard inquisiteur. En une seconde, il avait jaugé le tailleur de toile beige, le chemisier de soie blanche et les escarpins de chevreau. Seul un fin bracelet de cheville en or, qu'elle portait en permanence, tranchait par sa frivolité avec son austère tenue très professionnelle. Elle était bien loin de l'adolescente en tee-shirt qui l'avait attiré la veille !

— Eh bien ! Karen, je m'en vais... fit Mac Snowdon d'un ton un peu trop bourru.

— Oh ! Mac...

— Pas d'attendrissement, jeune fille. Nous nous sommes déjà dit au revoir en privé... Il ne me reste plus qu'à partir.

Il se pencha, l'embrassa amicalement et sortit sans se retourner. Brusquement, sans y être préparée, Karen se retrouva seule avec Dirk Carlson. Tout s'était passé si vite ! La gorge serrée, elle ne pouvait détacher son regard de la porte. Cher vieux Mac, si délicat qu'il n'avait pas voulu gêner son successeur en s'attardant une seule minute de trop...

— Auriez-vous l'obligeance d'étudier ces dossiers avec moi, mademoiselle Hallotan ?

Les mots avaient claqué sèchement, comme autant de gifles. Le message était clair : Carlson n'admettait pas une seconde d'inattention. Karen en aurait trépigné de rage si sa position le lui avait permis.

— Hall-o-ran, rectifia-t-elle, les dents serrées.

Il leva les yeux, comme s'il ne saisissait pas le sens de son intervention.

— Halloran ! répéta-t-elle.

C'était pourtant simple. Est-ce qu'il ne pouvait réellement pas s'en souvenir ?

Pour la première fois, il parut remarquer l'étincelle de colère qui faisait briller son regard. Il tira une chaise à côté de la sienne et ouvrit un grand classeur.

— Halloran, c'est vrai. Je ne l'oublierai plus. Venez... Installez-vous ici.

Il enleva sa veste et la jeta sur le dossier de son siège. Il avait vraiment un corps d'athlète, Karen ne put s'empêcher de le remarquer, cette fois. D'autant qu'elle avait toujours admiré la force physique chez un homme.

— Asseyez-vous, Halloran ! J'aboie mais je ne mords pas.

— Heureusement pour vous, car j'ai la peau dure !

— Ravi de l'apprendre. Nous aurons l'occasion de juger cette cuirasse dans les jours qui viennent.

Karen perçut dans sa voix comme une nuance

d'approbation pour la fermeté de sa réplique. Il la considéra un bref instant et demanda :

— Vous n'auriez pas une jeune sœur, par hasard ?

Elle rougit, voyant parfaitement où il voulait en venir.

— Je suis fille unique.

Dirk Carlson constata tranquillement :

— C'était donc vous hier soir.

Elle hocha la tête et il sourit, tout en détachant les pages du dossier qui l'intéressaient.

— Vous êtes charmante, débarbouillée et habillée correctement...

— Par où commençons-nous, monsieur Carlson ?

Mieux valait revenir sur un terrain plus sûr.

— Voulez-vous savoir où nous en sommes sur le nouveau microprocesseur ou préférez-vous que nous parlions d'abord du projet d'intégration de cette société française avec laquelle nous sommes en pourparlers ?

— Non, le microprocesseur.

— Parfait. Notre équipe labo y travaille depuis près d'un an. Nous pensons être plus avancés que tous nos concurrents.

— Je suis heureux de l'apprendre...

Il ne lâchait pas son regard tandis que, tout en parlant, elle l'observait, essayant de comprendre qui il était. Il devait appartenir à l'une de ces familles riches, établies en Californie depuis des générations. On voyait, au premier coup d'œil, que tout lui avait toujours été offert sur un plateau d'argent : études, situation... Les épuisantes journées aux champs, sous le soleil, ou les nuits blanches passées à réviser les examens quand on tombe de sommeil mais qu'il faut rester éveillé si on veut décrocher le diplôme d'une petite université sans réputation, il ne devait pas même imaginer que c'était possible. Pour ses études universitaires, il avait dû avoir le choix entre Berkeley, Yale ou Harvard, tous frais payés par papa et maman, bien sûr...

Il la sentit un peu sur la défensive et s'inquiéta :

— Quelque chose ne va pas ?

— Tout va très bien.

Elle concentra son attention sur le dossier et ils se mirent sérieusement au travail, penchés sur les mêmes feuilles et parlant le même langage.

En dépit de l'irritation qu'il lui inspirait, Karen fut vite impressionnée par la vivacité de son esprit. Il posait toujours la bonne question au bon moment, allant droit au cœur du problème.

— Parlez-moi de cette entreprise française que nous projetons d'intégrer, dit-il enfin.

Il donnait ses ordres de la voix sèche d'un homme habitué à commander. Il n'aurait certainement pas supporté qu'on les discute et il avait une curieuse façon d'épingler le regard de son assistante, l'obligeant à le fixer dans les yeux alors qu'elle aurait préféré se détourner... D'une certaine manière, il forçait l'obéissance et le respect.

Pendant qu'elle lui donnait tous les renseignements sur la firme française, il la fixait comme s'il avait voulu lire en elle... A la fin, il referma le dossier.

— Combien de fois avez-vous accompagné Mac Snowdon à Paris ?

— Il y est allé deux fois le mois dernier. Comme nous n'en étions encore qu'au stade des discussions, il n'avait pas besoin de moi.

La vérité était un peu différente. Sachant que son père avait besoin d'elle, Mac n'avait pas exigé sa présence...

— Bon sang ! mais comment ferez-vous... ?

Il s'interrompit et, retrouvant un parfait contrôle de lui-même, poursuivit :

— Dans ce cas, je suppose que pour notre premier voyage à Paris, vous ne me serez que d'une utilité très relative. L'aveugle conduisant le paralytique, en quelque sorte.

Karen lutta pour dominer la bouffée de colère qui l'envahissait : il avait réussi à trouver la faille ! Elle n'avait effectivement sur ce dossier que des informations de deuxième main.

— Bien, Halloran...

Enfin il prononçait son nom correctement ! C'était une satisfaction dont elle devait se souvenir car la suite allait s'avérer nettement moins réjouissante.

— Mettons les choses au point, continuait-il. Je sais que les nouvelles circulent vite à la *Computer International.* Les ragots aussi. Comme il est fort probable qu'ils nous reviennent aux oreilles un jour ou l'autre, autant s'expliquer clairement et tout de suite. C'est vrai, quand j'ai repris le poste de Mac Snowdon, je voulais qu'on me laisse choisir ma propre équipe. Mac a insisté pour que je vous prenne, disant que vous méritiez une chance. Il m'a juré que vous aviez toutes les qualifications nécessaires et...

— Je peux vous assurer...

— Laissez-moi terminer ! Et je découvre que vous êtes pratiquement aussi peu renseignée que moi sur cette société française. Un assistant, comme son nom l'indique, c'est quelqu'un qui vous assiste, vous comprenez ? A partir de main-

26

tenant, vous serez en permanence à mes côtés.
Chaque dossier qu'on me présentera vous sera
immédiatement transmis. Il vous faudra mémo-
riser chaque information, chaque ligne, chaque
mot : j'attendrai un rapport écrit sur mon bureau
tous les matins, donnant une évaluation détaillée
de la situation, des problèmes qui peuvent se
poser, des gens à rencontrer. Tout particulièrement quand nous voyagerons. Vous allez devenir
mon ordinateur personnel, mettez-vous bien cela
dans la tête.

Pendant toute cette tirade, elle avait gardé les
yeux baissés, serrant les poings. Maintenant, elle
le fixait sans ciller.

— Compris, monsieur Carlson. Parfaitement
compris ! Mais j'ai peur que les ragots dont vous
parliez ne vous aient devancé. De la secrétaire
au P.-D.G., tout le monde en ce moment fait des
paris sur l'issue de notre entretien... Aussi, puisque nous en sommes au chapitre de la sincérité,
autant vous dire sans attendre que je n'ai obtenu
ce poste que parce que j'étais la meilleure de mon
département. Si vous preniez le temps d'examiner mon curriculum vitæ, vous verriez que Mac a
fait sur moi un rapport tout ce qu'il y a de plus
flatteur. Contentez-vous donc de me dire ce qu'il
y a à faire, comment vous voulez que ce soit fait
et je m'occupe du reste. Ce sera tout ? ajouta-
t-elle avec une douceur affectée.

Le regard aigu de Carlson se promena encore
une fois sur sa silhouette, notant le pied impatient qui malmenait la moquette, la fine chaîne
d'or soulignant la cheville, remontant vers les
hanches et s'attardant sur les seins palpitants
d'excitation. Puis il reprit son voyage, glissant
vers les lèvres qu'elle mordillait dans son énerve-

27

ment. Allait-il continuer à remonter comme ça jusqu'au plafond ?

— Non. Lisez ces dossiers et faites-les dépouiller par l'ordinateur. Je veux trouver un rapport complet, demain, sur mon bureau.

Il jeta un coup d'œil à sa montre.

— A midi, nous déjeunons avec Davies et Johnson. C'est tout pour le moment, conclut-il un peu brusquement.

Karen fit demi-tour, très droite, sans se rendre compte qu'il la suivait du regard. Un regard d'ailleurs non dépourvu d'admiration. La description qu'il avait lue d'elle dans le fichier du personnel ne lui rendait pas justice. Il s'était attendu à rencontrer une jeune femme brillante, ambitieuse mais froide... Et voilà qu'il se retrouvait face à un petit monstre d'énergie, vibrant des pieds à la tête ! Elle était partie et, soudain, la pièce lui semblait étrangement vide.

Au même instant, réfugiée derrière son bureau, Karen pressait ses poings fermés sur son front brûlant. La haine qu'elle ressentait pour ce Dirk Carlson lui montait à la gorge et elle avait un goût amer... La jeune fille avait envie de hurler, de se cogner la tête contre les murs, de casser quelque chose ! Elle s'était laissé décontenancer, elle avait failli perdre son sang-froid... Comment allait-elle réussir à brider son tempérament explosif face à un tel homme ?

Il fallait à tout prix qu'elle se change les idées. Repenser indéfiniment à leur entrevue ne servirait à rien. Elle prit le dossier qu'il lui avait confié et entreprit d'en faire passer les données dans la mémoire de l'ordinateur. Tout de même, quelle audace il avait eue d'évoquer leur rencontre de la veille ! Et de confirmer les ragots qui circulaient, en lui déclarant tout net qu'il ne voulait pas d'elle comme assistante ! Et là-dessus, il s'était permis de lui faire une leçon de morale ! Pourquoi n'écrivait-il pas un bouquin sur le dressage du personnel ? C'était un expert en la matière... Et elle allait devoir passer les trois quarts de son temps avec ce tyran...

Elle fronça les sourcils, se rappelant soudain sa remarque sur les voyages. Elle devrait l'accompagner à Paris non pas une fois mais aussi souvent que l'envie lui prendrait d'y aller ! Et si elle voulait conserver son poste, il n'y aurait aucune excuse valable pour refuser... Les choses allaient changer considérablement avec ce nouveau patron. Le cœur serré, Karen comprenait qu'il lui suffirait de parler de son père à Dirk Carlson pour lui fournir le prétexte dont il avait besoin pour l'envoyer travailler dans un autre service...

Comment se tirer d'un aussi mauvais pas ? Pendant toute leur entrevue, il n'avait pas souri une seule fois, était resté froid et distant. Apparemment, il lui rendait bien son antipathie...

Et le malheur, c'était qu'elle ne pouvait s'arrêter de penser à lui une minute seulement ! Maintenant qu'elle avait terminé le travail demandé, il fallait qu'elle se plonge dans une occupation très, très absorbante... Ah ! oui. L'imprimante de son ordinateur donnait des signes de faiblesse un peu trop fréquemment, ces temps-ci. Elle allait chercher ce qui n'allait pas. C'était une activité idéale pour chasser Dirk Carlson de son esprit.

Chapitre trois

— Prête pour le déjeuner, Halloran ?

Karen tressaillit. Dirk Carlson était négligem-
ment appuyé au chambranle de sa porte. Elle
releva la tête et passa une main sur son front
pour repousser une mèche échappée de son chignon. Dirk contemplait les pièces éparses sur son
bureau.

— Mais enfin, Halloran, qu'est-ce que vous
fabriquez ?

Elle sourcilla. N'allait-il jamais l'appeler
autrement que par son nom de famille, maintenant qu'il avait enfin réussi à le prononcer !
D'ailleurs, il aurait pu s'annoncer par l'interphone au lieu de débarquer sans prévenir !

— Eh bien... vous le voyez bien ! Je répare
l'imprimante.

— Pourquoi n'appelez-vous pas les dépan-
neurs ?

— Je l'ai fait. Mais ils ne pouvaient pas passer
avant demain et j'en avais besoin tout de suite.

Elle remit toutes les pièces en place, referma la
machine et la nettoya soigneusement avec un
chiffon. Quand elle leva les yeux, elle surprit un
sourire sur le visage de Dirk Carlson.

— Qu'y a-t-il de si drôle ?

— Rien du tout. Je ne m'attendais pas à

trouver une technicienne parmi mon personnel...
Mais finalement, je vous trouve beaucoup plus
naturelle dans ce rôle que vous ne l'étiez tout à
l'heure dans mon bureau. Quels sont vos autres
talents cachés, Halloran ?

— Il n'y a là rien de surprenant, fit-elle sans
tenir compte de ses derniers mots. Nous travail-
lons avec des ordinateurs, non ?

— C'est vrai mais, en général, on ne les
construit pas dans les bureaux des dirigeants...

Karen s'essuya les mains avec une de ces
serviettes parfumées dont elle avait toujours une
réserve dans son tiroir. Puis elle plongea sous sa
chaise. Manifestement, elle avait perdu quelque
chose... Dirk Carlson semblait ravi du spectacle.

— Est-ce ceci que vous cherchez ?

Il brandit la paire d'escarpins qu'elle avait
abandonnée derrière la corbeille à papier.

— Oui. Merci.

Elle se rechaussa à la hâte et, jetant un coup
d'œil au miroir style Art déco suspendu au-
dessus d'un classeur métallique, elle rectifia sa
coiffure et essuya son front. Soudain, son patron
apparut dans la glace... Elle se raidit. Tout près
d'elle, Dirk resserrait le nœud de sa cravate et en
voyant ce geste trop familier, presque intime, si
déplacé dans le contexte de leurs relations, Karen
sentit son cœur s'affoler.

Dieu merci, il n'avait pas remarqué son émotion, trop occupé à découvrir, d'un air moqueur,
le mobilier hétéroclite du bureau de son assistante.

— Intéressant...

— Pas la peine d'être poli. La plupart des gens
appellent cette pièce le capharnaüm ! Ses précé-

dents occupants avaient des goûts très variés en matière de décoration, voilà tout.

Une chaise ultra-moderne voisinait en effet avec un frêle guéridon du XVIIIᵉ siècle français, formant un des nombreux contrastes saisissant de l'endroit.

Un très léger sourire éclaira le visage sévère de Dirk Carlson.

— Et vous avez conservé pieusement tout ce bazar ?

— Non. Seulement ce qui me plaisait. Et puis tous ces objets sont devenus comme de vieux amis pour moi. Je n'arrive pas à les jeter. J'en ai d'ailleurs trouvé certains en flânant dans les marchés aux puces. Tenez, ce vieux butoir de porte en cuivre... Je l'ai déniché chez un antiquaire de Carmel.

— Vous allez souvent à Carmel ?

Embarrassée, Karen avait l'impression d'être un insecte qu'un entomologiste curieux examinait au microscope.

— Oui. Tous les week-ends, fit-elle brièvement. Nous partons ?

Dirk perçut sa nervosité. Pourquoi semblait-elle perpétuellement mal à l'aise en sa compagnie ? Cette femme-là allait lui donner du fil à retordre...

— Ma voiture est garée là-bas, indiqua-t-il quand ils arrivèrent dans le parking.

Et comme il effleurait le creux de ses reins pour la guider, elle s'écarta vivement, songeant aussitôt que ce qu'elle venait de ressentir à son contact était déroutant, inhabituel... Une sorte d'électro-choc. Bouleversée, elle jeta un rapide coup d'œil à Dirk, mais il paraissait n'avoir rien remarqué.

— J'ai demandé à Davies et Johnson de nous retrouver chez *Di Angelo*, sur la jetée.

Malgré son trouble, Karen parvint à sourire. Il y aurait donc au moins un aspect du caractère de son nouveau patron qui serait agréable. Mac n'aurait jamais eu l'idée d'aller jusqu'à San Francisco pour un déjeuner d'affaires et encore moins dans un restaurant aussi pittoresque que *Di Angelo*...

Le deuxième point qui plaidait en faveur du vice-président, c'était sa voiture. Depuis le jour où elle était montée sur un tracteur, Karen avait la passion de tout ce qui roulait, particulièrement si ça roulait vite et si ça coûtait cher, deux qualités que possédait la Porsche de Dirk ! Elle admira sa conduite. Il dominait parfaitement la magnifique puissance de son engin.

Ils arrivèrent rapidement sur la jetée. Karen descendit de voiture et respira à pleins poumons l'air marin.

— J'adore cet endroit. Pas vous ?

Parmi une foule bigarrée, de petits marchands vendaient tout ce qui avait un rapport, même lointain avec la mer, des crevettes au pain noir pour les déguster.

— Quelle merveilleuse odeur ! Les fruits de mer, l'Océan... Regardez comme les gens ont l'air détendu... On dirait qu'ils sont tous en vacances ! Ça vous donne des envies d'être heureux malgré vous !

Elle se tut, brusquement consciente de s'être laissé emporter par son enthousiasme. Dirk Carlson regardait froidement le spectacle, aussi charmant qu'une porte de prison. Ce n'était visiblement pas l'envie d'être heureux qui l'étouffait...

— Vous venez sûrement de l'Est pour apprécier à ce point la Californie, fit-il enfin.

— Oh non ! Je suis née ici.

Il se tourna vers elle, incrédule.

— Et vous avez gardé un enthousiasme pareil ?

Il n'en fallait pas plus pour le lui faire perdre complètement. Baissant le nez, elle le précéda en silence vers le restaurant. Le vent qui soufflait de l'Océan plaquait sa jupe sur ses hanches, emportant au passage toute trace de son parfum.

Tout à coup, un homme pressé la bouscula et Dirk Carlson la saisit aussitôt par les épaules pour l'empêcher de trébucher. Stupéfaite de ce geste, elle leva les yeux vers lui et s'étonna de découvrir, dans son regard profond, une petite flamme qu'elle n'y avait encore jamais vue.

— Vous sentez bon, Halloran, murmura-t-il, la tenant toujours.

Une bouffée de plaisir la traversa et elle sentit que ses joues s'empourpraient. Il s'en aperçut et la lâcha.

Aussitôt, elle respira mieux puis, à la simple pensée qu'elle avait trahi son trouble, elle rougit de nouveau. Ce genre de réaction lui ressemblait si peu... Que lui arrivait-il ?

Davies et Johnson étaient déjà arrivés chez *Di Angelo*. Le maître d'hôtel les conduisit à leur table.

Matt Johnson travaillait à la CI depuis bientôt trois ans et avait participé à l'élaboration d'un des microprocesseurs qui avaient révolutionné l'industrie. Karen avait souvent eu affaire à lui au labo et elle l'appréciait énormément, tant pour sa gentillesse que pour son travail. Elle fit les présentations.

34

— Dirk Carlson... Voici Matt Johnson.

Matt sourit derrière ses fines lunettes cerclées d'or et passa une main un peu gauche dans ses cheveux grisonnants. Il était plus à l'aise dans son labo qu'en société. Les deux hommes échangèrent une poignée de main.

— Appelez-moi Dirk...

Qu'avait-il dit ? Karen lui lança un regard ulcéré. A elle, il ne le lui avait pas demandé... Etait-ce parce qu'il établissait tout de suite une relation de camaraderie avec ses collègues masculins, tandis qu'avec son assistante, il préférait garder ses distances ?

— Alors, désormais, nous allons tous nous appeler par nos prénoms ? s'enquit-elle, sur la défensive.

— Mais bien sûr...

Elle lui présenta Bill Davies un peu sèchement, encore sous le coup de ce qu'elle considérait comme une vexation. Bill, entré depuis peu à la CI, cachait, derrière une allure d'éternel adolescent, d'excellentes références et beaucoup d'ambition.

Pendant que Karen dégustait une salade d'épinards frais, Dirk Carlson interrogeait les deux hommes sur les différents aspects de leur travail. Il écoutait attentivement, mangeant machinalement, visiblement trop concentré sur leurs réponses pour s'occuper de ce qu'il avait dans son assiette.

— Dessert ? demanda-t-il à Karen quand le maître d'hôtel refit son apparition.

— Non, merci.

— Pourquoi ? Je ne pense pas que votre ligne puisse vous donner la moindre inquiétude.

Son regard se posa un bref instant sur Karen

qui, de nouveau, sentit son cœur battre la chamade. Que voulait dire ce compliment ? Tentait-il de lui faire oublier la mauvaise impression qu'il lui avait faite au début ? Pour dissiper le silence un peu gênant qui s'installait, elle changea d'avis et commanda une génoise fourrée de fruits confits, couronnée de glace et de crème Chantilly, le tout recouvert de chocolat râpé. Les joues en feu, elle résistait à l'envie de porter ses mains à son visage. Pourvu qu'il n'ait rien remarqué ! Les sensations qui l'assaillaient étaient si nouvelles et déroutantes... Au fond, elle se comportait subitement comme une adolescente face à son premier flirt. Elle percevait intensément le contact de la cuisse de Dirk contre la sienne et, chaque fois que leurs épaules se touchaient, elle éprouvait un malaise réel et inexplicable. Affreusement troublant.

Dirk, lui, plongé dans la discussion, semblait indifférent au reste du monde. C'était du moins ce dont Karen était persuadée, à en juger par l'attention qu'il portait aux paroles de ses collègues.

Comment aurait-elle pu deviner qu'il ne songeait qu'aux taches de rousseur sur la peau dorée du visage de cette incroyable petite femme assise à côté de lui ? Il aurait voulu embrasser chacun de ses petits grains de son. Embrasser ? Drôle d'idée, et qui l'avait saisi sans prévenir. Et, tout aussi subitement, il éprouva une flambée de désir. Il lui fallut tout le secours de sa volonté pour ramener son esprit à la conversation. L'expression de son visage demeurait rigoureusement imperturbable.

A la fin du repas, Karen était abasourdie par toutes les questions qu'il avait réussi à poser en si peu de temps ! Un autre aurait mis une bonne semaine pour en imaginer seulement la moitié... Et s'il était capable de retenir toutes les réponses, son cerveau avait tout d'une encyclopédie.

Dirk régla avec une carte de crédit et, bientôt, Karen se retrouva seule avec lui, assise à ses côtés, dans la petite voiture qui bondissait à l'assaut des collines de San Francisco. Après un long silence, il lui demanda :

— Parlez-moi de Matt Johnson.

— Il est brillant et... disons, consciencieux. Il écoute toutes les suggestions et si quelqu'un a une idée qu'il juge meilleure que la sienne, il est prêt à l'essayer. C'est un collaborateur agréable, d'humeur égale, qui s'entend bien avec tout le monde.

— Bref, un saint...

Dirk souriait et Karen prit brusquement conscience qu'elle aimait le voir sourire ainsi. Ses traits fins s'en trouvaient transformés et il en devenait presque chaleureux.

— J'ai peut-être un peu exagéré ! J'essaierai d'être plus objective à l'avenir. Mais j'ai la plus haute opinion de Matt et aucune raison de le cacher.

— Bien. Passons à Bill Davies.

— Son curriculum vitæ est un vrai festival de diplômes. Début de carrière extrêmement prometteur. Ambitieux, travaille dur.

— Et sur le plan personnel ?

— Là, je ne peux pas vous dire grand-chose. Nous n'avons jamais eu l'occasion de travailler ensemble. Voulez-vous que je vous sorte son dossier ?

— Oui.

Il gara la voiture et continua d'un ton froid :

— Par la même occasion, sortez-moi aussi le vôtre. Je n'ai lu que de brefs comptes rendus sur chacun d'entre vous. J'aimerais maintenant voir cela en détail. Au fait, Halloran...

Il se tourna vers elle et la regarda droit dans les yeux.

— N'essayez plus de m'influencer à l'avenir. Je suis seul juge de la qualité du travail fourni par l'équipe de Mac.

Il parlait toujours de « l'équipe de Mac », comme s'il leur était parfaitement étranger...

— Et pendant que nous y sommes, autant mettre les choses au point. N'allez pas croire que j'ai voulu vous traiter autrement que les autres. Je préfère que tout le monde m'appelle par mon prénom.

— Très bien... Dirk.

— Il n'y a que ma grand-mère qui m'appelait Carlson... et toujours d'un ton qui laissait supposer que je venais de faire une bêtise. Ce qui, en général, était le cas.

Karen sourit. Elle avait du mal à croire que cet homme autoritaire avait été un petit garçon turbulent grondé par une grand-mère... Peut-être devrait-elle s'imaginer cette scène lorsqu'il lui paraîtrait trop inhumain...

A cinq heures, Karen alla déposer sur le bureau de Dirk les rapports qu'il lui avait demandés. Puis elle rassembla ses affaires. La journée avait été longue.

Avant de sortir, elle salua Martha, la secrétaire de l'équipe — une mère de six enfants reconvertie à cinquante ans dans le monde des affaires. Etant la plus âgée, Martha se considérait un peu comme la mère poule du bureau.

— Alors, Karen, à quoi ressemble notre nouveau génie ? A mon avis, il pourrait au moins avoir la décence d'avoir des cheveux grisonnants !

Regardant la jeune femme d'un peu plus près, elle remarqua ses traits tirés.

— Dure journée, n'est-ce pas, mon chou ? A moins que le week-end n'ait été trop chargé... ?

Karen haussa les épaules en souriant. Tout le monde ici se posait mille questions sur les mystérieuses activités auxquelles elle consacrait ses fins de semaine et dont elle ne pouvait rien dire. Pas même à Martha, pourtant si gentille. Mais ça n'était pas dans sa nature de faire des confidences. Elle aurait considéré cela comme un signe de faiblesse. Elle préférait se débrouiller toute seule. En vraie Halloran.

Le vendredi, toujours pressée de rejoindre son père, elle déclinait les invitations de ses collègues. De plus, depuis la rupture de ses fiançailles, des bruits s'étaient mis à courir et d'aucuns suggéraient qu'elle avait un amant secret...

— Je crois que je vieillis, Martha ! Vous verrez quand vous aurez mon âge !

Elles se séparèrent en riant et Karen, ignorant délibérément l'ascenseur, s'engagea dans l'escalier.

Soudain, entendant un bruit de pas dans son dos, elle se retourna. C'était Dirk Carlson.

— Je vois que je ne suis pas le seul à faire un peu d'exercice ! Vous ne prenez pas l'ascenseur, Halloran ?

— Non, presque jamais. Il paraît que monter et descendre des escaliers est excellent pour prévenir l'embonpoint qui guette ceux qui passent beaucoup de temps assis, comme nous.

— Dans votre cas, il faut reconnaître que c'est très efficace... Vous jouez au tennis, Halloran ?

— Un peu. Mais je n'ai pas eu le temps de fréquenter beaucoup les courts, ces derniers temps.

— Parfait. Je suis moi-même un peu rouillé... Si nous jouions un match ensemble ?

— Pourquoi pas...

— Tout de suite ? Avant le dîner ?

— Oh non ! Je suis désolée, mais je ne peux vraiment pas. Je suis trop fatiguée après ce...

Elle chercha vainement une excuse plausible.

— ... après ce long week-end, dit-elle enfin en rougissant.

Il l'observa une minute puis, toute sa cordialité disparue, il conclut d'un ton indifférent :

— Très bien... Ce sera pour une autre fois. Bonsoir.

— Bonsoir...

Elle se dirigea vers sa voiture, agitée de mille sentiments contradictoires. Cet homme était une véritable énigme. Il avait commencé par lui faire des avances alors qu'il ne la connaissait pas, puis il s'était montré froid et distant, et voilà qu'elle venait de découvrir qu'il pouvait aussi être amical...

Le plus terrible restait la façon dont il la hantait. Elle ne pensait plus qu'à lui, comme s'il n'y avait rien ni personne de plus important dans sa vie. Elle devait absolument se ressaisir. Un dîner léger, un bain chaud et huit heures de sommeil, oui, ça suffirait certainement pour dissiper cette obsession nommée Dirk Carlson.

Elle prit le volant et sortit du parking, sans se rendre compte que l'homme qui la préoccupait tant restait debout près de sa Porsche, les yeux plissés à cause du soleil, à la regarder partir.

— Attention, Karen. Notre génie est d'une humeur massacrante, ce matin !

— Ce matin ? Je croyais que c'était son état habituel ! Mais ne me dites pas qu'il est déjà là ?

Martha fit un petit signe de tête affirmatif.

— Si... N'est-ce pas fantastique de travailler sous les ordres du dernier perfectionniste encore vivant ?

Déjà Karen se précipitait dans son bureau. Elle laissa son parapluie dégoulinant devant la porte et entra en s'ébrouant pour sécher un peu ses cheveux. La journée commençait bien. D'abord, il y avait huit jours que la pluie n'avait pas cessé et ce temps la rendait triste et maussade. Ensuite... Mais le bip-bip de l'interphone interrompit ses réflexions.

— Oui ?

— Ah ! Vous voilà enfin !

La voix de Dirk était aussi sombre que les nuages qui s'accumulaient à l'horizon.

— Je vous attends, Halloran !

En poussant la porte qui séparait leurs deux bureaux, elle se raidit, prête à la bagarre. Depuis que Dirk et elle se connaissaient, ils cherchaient mutuellement à évaluer leurs points forts et leurs points faibles, n'avançant leurs pions qu'avec circonspection, alternant les attaques et les replis prudents... Ce matin, elle ouvrirait les hostilités.

— Avant que vous ne prononciez un mot, je tiens à vous signaler que non seulement je suis à l'heure, mais que j'ai même une minute d'avance !

Il ne fit rien pour dissimuler son impatience :

— Je suis assez grand pour lire l'heure tout seul... Asseyez-vous. J'espère que votre valise est toujours prête ?

Elle le regarda sans comprendre.

— Nous partons demain pour Paris. Je veux voir moi-même cette société qu'il est question d'intégrer. Elle est située dans la banlieue parisienne, c'est bien ça ?

Karen passa sa langue sur ses lèvres soudain sèches. Demain... Mercredi. Serait-elle rentrée pour le week-end ? Sûrement pas. Dirk avait-il prévu ce voyage depuis le début de la semaine et n'avait-il pas jugé utile de l'en avertir plus tôt ? Dans ce cas, pourquoi ?

Il reposa les papiers qu'il feuilletait, la regarda et parut frappé par son expression anxieuse.

— Vous avez peur en avion, Halloran ?

Une bouffée de colère l'envahit. Ainsi, il trouvait tout naturel qu'elle bouscule ses plans pour le week-end ! Elle avait si peu d'importance à ses yeux qu'il ne l'avait même pas prévenue ! Halloran, on part pour Paris. Halloran, faites vos bagages. Halloran, débrouillez-vous pour régler les affaires en cours d'ici demain. Et voilà. C'était aussi simple que ça.

— Qu'est-ce qui se passe ? Je fiche par terre votre rendez-vous d'amour du samedi ?

Le regard noir de Karen se heurta à un sourire d'une innocence angélique.

— Sérieusement, avez-vous peur en avion ? reprit-il plus doucement.

— Pas le moins du monde.

— Alors, où est le problème ?

Elle détourna les yeux.

— Il n'y a pas de problème.

— Parfait...

42

Pour lui, l'affaire était close... Il ne lui en fallait pas plus pour se rassurer à peu de frais. Quel homme exaspérant !

— Faites-moi un rapport sur ces dossiers, fit-il en lui tendant une pile de documents. Ce n'est pas la peine de venir ici demain matin. Donnez-moi votre adresse et je passerai vous prendre pour aller à l'aéroport. Martha a réservé nos places. Nous partons à trois heures pour New York. Ça nous laisse tout le temps d'attraper l'avion pour Paris. Il faudrait que je vienne vous chercher vers midi.

Karen prit machinalement les dossiers et hocha la tête. Elle ne songeait qu'à une chose : elle ne pourrait pas accueillir son père qui, comme l'hôpital l'en avait avertie la veille dans la soirée, devait rentrer à la maison ce week-end... Oh ! si elle avait pu lancer toute cette fichue paperasserie à la figure de Dirk Carlson, elle l'aurait fait avec plaisir !

— Je vous dessinerai un plan pour que vous trouviez plus facilement où j'habite. Autre chose ?

Elle se leva, le défiant du regard.

— Non. Je serai absent presque toute la journée. Si je ne vous revois pas, rendez-vous demain.

Au moment où elle allait sortir, il la rappela :

— Si vous avez des achats de dernière minute à faire, prenez le temps qu'il vous faudra à l'heure du déjeuner...

Merci pour tout ! pensa-t-elle amèrement. Et elle referma la porte derrière elle sans avoir répondu.

De retour dans son bureau, elle prit le téléphone et demanda l'hôpital. Elle avait tant rêvé de ce jour où elle aiderait son père à se réinstaller et où elle commencerait à veiller à ce qu'il exécute les derniers exercices indispensables. Etre obligée de faire appel à une aide extérieure la désespérait. Pauvre Paddy ! Il allait être terriblement déçu qu'elle n'assiste pas à son retour, et furieux de voir une inconnue s'installer chez lui !

A l'hôpital, il n'y avait eu qu'une infirmière pour se montrer aussi têtue que Patrick Halloran : Maggie... Karen ne connaissait que son prénom. Après un quart d'heure d'attente, elle eut enfin au bout du fil quelqu'un qui la connaissait. Maggie Cole, veuve de cinquante et un ans, avait les meilleures références... Sans attendre, elle l'appela.

— Maggie Cole ? Karen Halloran à l'appareil.

— La fille de Patrick, n'est-ce pas ? répondit la voix chaleureuse de l'infirmière.

— Oh ! vous vous souvenez...

— Bien sûr ! Patrick est assez... inoubliable, à sa manière ! assura Maggie en riant.

— C'est tout à fait mon avis ! Et la raison de mon appel, c'est lui...

Karen lui expliqua alors la situation. Elle craignait que, sans quelqu'un pour l'encourager, son père n'abandonne ses exercices journaliers et ne perde tout le bénéfice du traitement.

— Si j'ai pensé à vous, madame Cole, c'est que vous avez été la seule, à l'hôpital, à pouvoir tenir tête à mon père.

Une révélation qui déclencha un rire gai à l'autre bout du fil.

— Appelez-moi Maggie, voulez-vous... Oh ! J'en connais un rayon sur l'entêtement des Irlandais ! Et votre père ne m'intimide pas le moins du monde !

— Eh bien, Maggie, je sais que je vais vous

demander beaucoup... Je vous propose un emploi à plein temps, tout au moins au début. Paddy sera furieux, lui qui s'est toujours débrouillé tout seul. Mais aujourd'hui, je crois vraiment qu'il ne s'en sortira pas sans aide.

— Certainement pas, en effet.

Un long silence suivit. Karen retenait son souffle...

— C'est curieux que vous m'appeliez juste en ce moment, dit enfin Maggie. La routine de l'hôpital commençait à me peser mais je ne voyais pas de solution de remplacement.

Karen lui demanda quel salaire lui paraîtrait correct et accepta immédiatement les conditions de l'infirmière. Cette dernière conclut, tout à fait déterminée maintenant :

— Karen Halloran, vous venez d'engager une infirmière à plein temps pour veiller sur votre obstiné de père !

Elles éclatèrent de rire en même temps. Avant de raccrocher, elles fixèrent encore quelques points de détail ensemble puis Karen s'apprêta à entamer la partie la plus délicate de ce beau programme. Il lui restait à annoncer à Paddy qu'elle ne serait pas là pour sa sortie de l'hôpital. Il s'en faisait une fête depuis si longtemps... Elle respira à fond, forma le numéro de téléphone de l'hôpital et se prépara à affronter la tempête.

Chapitre quatre

Karen ferma sa valise et jeta un dernier coup d'œil autour d'elle. Avec le charmant désordre qui régnait dans son appartement, rien de plus facile que d'oublier quelque chose... Elle porta ses bagages près de la porte d'entrée, revint à la cuisine pour boire une tasse de café et vérifia l'heure. Parfait. Elle avait dix minutes d'avance.

Levée plus tard que d'habitude — quel plaisir de se prélasser un peu —, elle s'était tranquillement préparée pour l'épuisant voyage qui l'attendait. Elle avait lavé ses cheveux pour les rouler, très haut sur la nuque, en un petit chignon net, puis elle avait enfilé une robe de jersey rouge, à la fois élégante et pratique, d'une simplicité étudiée et qui moulait parfaitement ses formes pleines. Elle savait qu'il était très important de faire bonne impression dès l'abord et qu'elle devrait avoir l'air aussi fraîche à la descente de l'avion qu'au saut du lit. Or, cette robe de laine rouge avait l'avantage d'être infroissable. Une veste noire cintrée et des escarpins de chevreau noir donnaient à sa tenue la note de sobriété nécessaire quand on était l'assistante du vice-président de la CI. Quant à sa valise, en cuir noir, elle était luxueuse.

Par la fenêtre, elle voyait Silicon Valley — un

paysage de carte postale en couleur où n'étaient pourtant installées que des sociétés d'électronique et d'informatique. Pas vraiment une ville, plutôt une vaste concentration d'intelligences et de techniques, le long de la baie de San Francisco, entre Palo Alto et San José. De larges avenues plantées d'arbres desservaient d'immenses tours de verre et de béton. Tout ici vivait au rythme de la technologie d'avant-garde et l'agglomération entière reflétait l'audace de ces industries de pointe qui, chaque jour un peu plus, sondaient l'inconnu.

Dès qu'elle vit la Porsche étincelante tourner au coin de l'allée, Karen rinça rapidement sa tasse et brancha son répondeur automatique. Elle était déjà derrière la porte quand Dirk sonna.

— Bonjour...

Il était vraiment impressionnant dans ce costume gris sombre à fines rayures gris perle. D'une coupe irréprochable, évidemment.

— Comment ça va ? C'est tout ce que vous avez comme bagages ?

— Oh ! nous ne partons que quelques jours...

Curieusement, avant de la voir dans cette robe rouge, il n'aurait jamais imaginé que cette couleur allait si bien aux rousses. Mais elle n'était pas vraiment rousse... Auburn ? Non, pas tout à fait non plus. Il aurait fallu inventer un mot pour définir cette chevelure somptueuse, à la fois sombre et pleine de soleil. En tout cas, habillée de rouge, elle avait l'air d'avoir fleuri dans la nuit. Il aurait voulu lui dire comme il la trouvait jolie mais elle allait rougir... et reculer... Il se tut. Il avait remarqué qu'elle ne savait pas recevoir les compliments, comme s'ils la mettaient mal à l'aise. D'ailleurs, la moindre évocation de sa vie personnelle semblait la gêner. Ils n'étaient proches que dans le travail. Partout ailleurs, elle le maintenait à distance.

Tout en prenant sa valise, il jeta un coup d'œil à l'accueillant petit appartement. Le divan enfoui sous les coussins fleuris semblait vous inviter au repos. Il y avait des plantes sur toutes les fenêtres et, dans un coin, un perroquet en porcelaine sur un énorme portemanteau de cuivre...

— Encore un trésor trouvé au marché aux puces ?

— Oui ! J'ai toujours eu envie d'un perroquet mais j'ai eu peur qu'un vrai s'ennuie, tout seul ici toute·la journée. Celui-ci est un substitut très acceptable !

— Vous êtes la sagesse même, Halloran.

Il lui sourit et, sans raison, elle devint écarlate.

En cours de route, il constata que le ciel se dégageait.

— Nous allons avoir beau temps... dit-il.

Etonné par son silence, il se tourna vers elle. Elle était pelotonnée contre la portière, comme si elle s'apprêtait à s'enfuir en sautant de la voiture au premier tournant. Curieux... On aurait dit qu'il y avait deux êtres en elle : la femme d'affaires toujours impeccablement habillée et l'adolescente au regard perdu, dans un vieux jean élimé... Qui était-elle ? La technicienne pure et dure qui ne mâchait pas ses mots dans une discussion ou cette petite fille effrayée, qui semblait regretter de ne pas être une petite souris afin de se cacher sous les coussins ?

— Halloran, vous êtes sûre que ça ne vous ennuie pas de prendre l'avion ?

48

— Absolument !

— Si vous le dites...

Il brancha l'allume-cigares et sortit une ciga-rette de son paquet. Karen le regardait faire sans rien dire. Il inhala une longue bouffée et reposa la main sur le volant.

— Vous avez vérifié la température à Paris ?

— Entre douze et quinze degrés. Averses possi-bles. Tout à fait comme chez nous.

Il eut un petit rire bref.

— Vous ne semblez pas enchantée de partir en voyage, Halloran ! Quand je pense à toutes les femmes qui seraient folles de joie d'aller à Paris !

— Je nage dans le bonheur. Ça ne se voit pas ?

— Pas tellement...

Il manœuvra habilement pour dégager la Porsche du trafic de la mi-journée. Sur l'autoroute, les voitures, pare-chocs contre pare-chocs, res-semblaient à des files de fourmis. Etrange tableau que cette voie ultra-moderne au milieu des champs avec les vaches qui paissaient tran-quillement sous les lignes à haute tension. Le spectacle fit sourire Karen, malgré son anxiété. C'était si typique du paysage californien, où les immeubles semblaient sortir de terre comme des champignons au milieu des terrains cultivés... Un paysage qu'elle n'avait jamais cessé d'aimer.

L'aéroport international de San Francisco était une véritable tour de Babel : on y parlait toutes les langues et une foule considérable s'y pressait en permanence. Ils firent enregistrer leurs baga-ges, reçurent leurs cartes d'embarquement et, au moment où l'avion s'envola pour New York, ils étaient déjà tous les deux plongés dans leurs dossiers, en train de préparer leur séjour en France.

Avec le décalage horaire, il était onze heures du soir lorsqu'ils survolèrent l'aéroport Kennedy. Les lumières scintillantes de New York semblaient souhaiter la bienvenue aux passagers. Trois heures plus tard, ils reprenaient l'avion pour la traversée de l'Océan. Avec l'excitation du voyage ajoutée au souci qu'elle se faisait pour son père et aux mille problèmes qu'elle avait dû régler, Karen commençait à se sentir fatiguée. Elle s'endormit dès que le 747 géant eut décollé.

L'avion semblait immobile, suspendu au-dessus d'une mer de nuages inondée de soleil. La lumière dorée caressa le visage endormi de Karen appuyé contre le hublot. Ses cheveux parurent flamber. Dirk la fixait, fasciné... Il se mit à compter les taches de rousseur qui émaillaient son nez. De petits grains de beauté aussi impertinents qu'elle, songea-t-il en souriant. Elle avait d'ailleurs une façon bien particulière de relever ce nez quand sa fierté était piquée! Il parcourut son visage des yeux, détaillant les collines hautes des pommettes, le doux vallon entre les lèvres légèrement écartées... Brusquement, un désir poignant traversa tout son corps comme une traînée de flamme. Il serra les dents et se força à ne plus regarder sa bouche.

Elle avait la mâchoire volontaire, décidée. Quelle bagarreuse! Dans un accrochage de rues, il valait sûrement mieux l'avoir de son côté...

Les longs cils de Karen frémirent et elle s'éveilla comme une enfant, passant du profond sommeil à la conscience sans transition. Elle ouvrit les yeux et la première chose qu'elle vit fut le regard sombre de Dirk posé sur elle. Troublée, elle se redressa et se réfugia aussitôt dans les dossiers qui n'avaient pas quitté ses genoux.

— J'ai dormi et vous avez travaillé...

Il remarqua que sa voix était plus profonde, un peu rauque au réveil.

— A vrai dire, je n'ai pas beaucoup avancé, avoua-t-il.

— Vous avez lu mon rapport ?

— Oui. C'est parfait.

C'était la pure vérité. Il avait été très impressionné à la lecture de ce rapport. Elle n'avait rien exagéré quand elle s'était présentée comme une assistante compétente. Elle était même beaucoup plus que ça.

— Voulez-vous que nous revoyions quelques points ensemble ?

Elle semblait pressée de rétablir leurs rapports habituels.

— Volontiers, dit-il. Nous avons perdu assez de temps...

Elle s'agita un peu, gênée de découvrir que quelques mèches, échappées de son chignon défait, bouclaient sur ses tempes. Elle ne pouvait savoir combien Dirk trouvait ça joli et attendrissant. De plus, un de ses escarpins avait glissé. Du bout de son pied nu, elle tâtonna pour le retrouver. Mais où était donc passée cette fichue chaussure ? Soudain, elle rougit : elle venait de frôler la cheville de Dirk Carlson.

— Vous cherchez ceci, peut-être ?

Il exhiba le fin soulier de chevreau.

— Oui... merci.

Comme elle se penchait pour se rechausser, elle ne vit pas le sourire amusé de son compagnon. Après avoir farfouillé un moment sous son siège, elle retrouva son attaché-case et sortit les papiers nécessaires.

— Allons-y. Par où commençons-nous ?

— Par le rapport financier.

Pendant qu'elle cherchait les feuillets sur la question, Dirk l'interrompit brusquement :

— Pourquoi avez-vous rompu vos fiançailles ?

Aussitôt, il regretta d'avoir posé cette question. Qu'est-ce qui lui avait pris ? Ça n'était pas du tout ainsi qu'il voulait lui parler. Les mots étaient partis tout seuls...

Karen ouvrait des yeux incrédules, ne comprenant pas pourquoi il s'intéressait à cet événement de sa vie.

— Evidemment, c'est le genre d'information que vous n'avez pas trouvée dans mon curriculum vitæ, répliqua-t-elle avec ironie. Seriez-vous allé patauger dans la mare aux ragots, récemment, Dirk ?

— Je vous en prie, Halloran ! Je sais que ça n'a rien à voir avec le rapport financier... Pour ce qui est des ragots, j'ai simplement entendu dire que vous aviez été fiancée presque un an. Cela m'a paru étonnant, poursuivit-il en surveillant la montée de la colère de Karen et en tâchant d'évaluer combien de temps il lui restait avant l'explosion. N'est-ce pas un peu long pour des fiançailles ?

Elle croisa les bras d'un air de défi.

— Je crois qu'il faut prendre le temps de la réflexion avant de s'engager.

Elle aurait mieux fait de ne rien répondre du tout... Cette conversation était un vrai guet-apens ! Comment avait-il manœuvré pour l'attirer là-dedans ?

— Pour ma part, reprenait-il avec un petit

haussement d'épaules, je serais plutôt vexé qu'une femme ait besoin de douze mois pour décider si elle veut m'épouser ou non.

— Je suis sûre que vous avez toute l'expérience requise pour juger du problème ! Dites-moi, Dirk, combien de fois vous êtes-vous fiancé ? répondit-elle d'une voix onctueuse, à la limite de l'insulte.

— Je n'ai jamais eu à en passer par là. Aujourd'hui, la plupart des femmes n'ont plus besoin d'une alliance pour prouver qu'elles peuvent attirer un homme...

— Ça n'est pas du tout ce que l'alliance signifie.

— Ah non ?

Il alluma une cigarette et regarda le petit cercle de fumée monter en l'air. Au départ, il ne pensait pas se lancer dans ce genre de discussion mais maintenant que c'était en train, autant aller jusqu'au bout.

— L'alliance prouve simplement que deux personnes sont assez attachées l'une à l'autre pour envisager de passer leur vie ensemble.

— Je présume que vous croyez au mariage, au bonheur éternel et à tout ce qui s'ensuit ?

— Bien sûr. Pas vous ?

La voix de Karen n'était plus qu'un murmure.

— Ce n'est pas moi qui ai rompu mes fiançailles, Halloran. Que s'est-il passé ? Vous avez eu la frousse ?

Elle lui lança un regard plein de rage.

— Ça ne vous regarde pas !

— Pas du tout, c'est vrai. Dites-moi, faites-vous partie de ces petites demoiselles très comme il faut qui exigent une alliance avant que le pauvre soupirant frustré puisse accéder à leur lit ?

Elle accueillit ces mots avec un silence lourd de fureur, puis elle siffla :

— Je vois que vous ne répugnez pas aux coups bas.

— Vous avez raison, j'aurais sans doute dû me taire. Nous ferions peut-être mieux de nous en tenir aux affaires...

— Certainement. C'est un terrain beaucoup plus sûr.

Il écrasa sa cigarette.

— Reprenons ce rapport.

Elle commença sa lecture, encore haletante de colère. Comment en étaient-ils arrivés là ? D'habitude, Dirk évitait toute discussion à caractère personnel. Il semblait d'ailleurs assez ennuyé d'avoir soulevé celle-ci mais elle sentait que ç'avait été plus fort que lui... Comme si elle déclenchait en lui une sorte de réaction chimique, qui le poussait à se montrer désagréable. Elle tenta de se concentrer sur son travail. Lui avait déjà retrouvé ses esprits. Peu à peu, le malaise de Karen se dissipa et, quand l'hôtesse apporta les plateaux du petit déjeuner, ils furent tous deux très surpris qu'il soit déjà si tard.

Les heures passèrent très vite car ils travaillèrent sans arrêt. Et ce fut l'annonce de l'atterrissage. Karen rectifia son maquillage dans le petit cabinet de toilette, se recoiffa soigneusement et enfila la veste noire sur sa robe rouge.

Pendant le voyage, elle avait pris une décision. Bien sûr, elle était navrée d'avoir manqué le retour de son père. Ils avaient travaillé si dur tous les deux, dans l'attente de ce jour-là ! Mais enfin, il était entre de bonnes mains. Maggie saurait le guider mieux que personne, vers une complète guérison. Et après tout, puisque l'entreprise avait jugé bon de lui offrir un voyage à Paris, pourquoi ne pas en profiter au maximum ? Comme Dirk n'était pas un compagnon très discret, elle essaierait de lui échapper le plus possible pour visiter Paris tranquillement.

Après les habituels contrôles de douane, ils furent accueillis par un des représentants de la firme que la CI projetait d'intégrer. Dirk fit les présentations et Jean-Paul baisa galamment la main de Karen. Curieusement, l'Américain parut trouver ce geste excessif et déplacé.

— Je ne m'attendais pas à rencontrer une aussi jolie femme quand on m'a assigné cette mission, fit le Français en souriant. Mon travail va se transformer en paradis !

Karen lui fit un petit sourire mais déjà Dirk précipitait le mouvement. Un instant plus tard, ils étaient tous trois installés à l'arrière d'une limousine qui roulait vers les rues encombrées de la capitale. Pendant que Dirk et Jean-Paul conversaient dans un mélange de français et d'anglais assez réjouissant, Karen n'avait d'yeux que pour Paris. Tout la surprenait, tout l'amusait : les bicyclettes, les chauffeurs de taxi exaspérés par les lenteurs de la circulation et qui passaient la tête par la portière pour rouspéter, la fameuse tour Eiffel qu'elle essaya d'apercevoir en entier au risque de se tordre le cou...

— Vous n'étiez jamais venue à Paris, mademoiselle ?

— Non... C'est fantastique !

Elle aurait voulu tout voir tout de suite et elle écarquillait les yeux, comme une enfant qui s'émerveille devant un arbre de Noël illuminé.

Jean-Paul parut ravi :

— Il va falloir que je vous fasse découvrir la capitale !

Il la dévorait du regard, manifestement séduit.

— J'ai bien peur que Mlle Halloran et moi-même soyons trop occupés pour consacrer beaucoup de temps au tourisme, intervint Dirk. Ce n'est pas le but de notre voyage.

Surprise, Karen se tourna vers lui. Elle avait décelé comme de la colère dans sa voix... Qu'est-ce qui lui prenait ? Elle voulait tout voir, tout goûter et remplir le mieux possible le peu de temps qu'elle avait à passer ici. Oh ! elle n'empiéterait pas sur son temps de travail, mais ils n'allaient tout de même pas faire des journées de vingt-quatre heures ? Et si elle n'avait pas le temps le jour, elle sortirait la nuit ! De toute façon, elle serait beaucoup trop excitée pour dormir.

Mettant l'exaspération de Dirk sur le compte de la fatigue du voyage, Jean-Paul reprit posément :

— Ce soir, nous devons dîner avec les dirigeants de l'entreprise mais nous vous avons laissé votre deuxième soirée libre, au cas où vous auriez vous-même prévu quelque chose...

— Très bien, fit Dirk d'un ton très sec. Mlle Halloran et moi avons effectivement un agenda très chargé.

Comme l'avenir ne s'annonçait pas réjouissant, Karen décida de profiter au moins des trajets en voiture pour s'en mettre plein les yeux. Jean-Paul avait tenu à ce qu'ils passent devant l'arc de triomphe et l'obélisque de la Concorde. Extraordinaire... Pourvu qu'elle ait le temps de se balader un peu à pied ! Etre si près de Paris sans pouvoir s'y promener serait un vrai crève-cœur.

— Vous avez certainement besoin de repos après ce voyage, disait Jean-Paul. Le chauffeur va vous déposer à l'auberge où vous avez réservé et vous pourrez vous y détendre pendant une heure, avant le dîner. Demain, nous vous ferons visiter l'usine et vous discuterez avec les employés en déjeunant au restaurant de l'entreprise. Voulez-vous que j'organise votre soirée de demain ?

— Non, je préfère la garder disponible. Mlle et moi aurons sûrement du travail à terminer. Mais votre emploi du temps me paraît parfait... Pas une minute de perdue !

Karen essayait de cacher sa déception. Décidément, entre les éclats imprévisibles de son patron et sa manie du travail forcené, ce séjour allait être gai...

Ils traversèrent rapidement la banlieue parisienne et arrivèrent dans un charmant coin d'Ile-de-France, plein de vieux villages aux solides maisons de pierre avec des toits d'ardoise. Karen admirait en silence les clochers élancés des églises, les premiers lilas et les champs qui semblaient s'étendre à l'infini. Elle aurait aimé baisser la vitre pour respirer l'odeur de printemps, mais elle craignait d'être toute décoiffée par le vent. Elle était là pour travailler, elle ne devait pas l'oublier...

Au détour d'une rue pavée, ils découvrirent une bâtisse du siècle dernier, recouverte de vigne vierge et si délicieusement vieillotte qu'on aurait cru la maison en pain d'épices dont la légende avait bercé l'enfance de Karen.

Jean-Paul semblait surpris que Dirk ait préféré cette auberge de campagne aux palaces ultra-modernes de la capitale.

— C'est une petite auberge... commença-t-il.

Mais, devant le regard glacial de Dirk, il se hâta d'ajouter :

— Mais la cuisine est excellente ! Le couple qui dirige l'hôtel vit au rez-de-chaussée. Vos chambres sont au premier.

Une allée de gravier bordée de buis menait à l'auberge. Le Français les présenta à leur hôtesse, une aimable dame d'un certain âge toute pimpante dans son tablier à fleurs et qui les accueillit comme s'ils avaient été des princes du sang. Ils montèrent dans leurs chambres où leurs bagages les avaient précédés.

Elles étaient spacieuses et claires. Karen, émerveillée, ne se lassait pas d'admirer le parquet ciré et le vaste lit à baldaquin avec sa courtepointe ancienne au motif de rose piqué à la main. Dans un coin se dressait une superbe psyché et, contre le mur opposé, une causeuse recouverte de damasquin vous invitait à la lecture ou à la conversation. Sur une table de bois ronde, une coupe débordait de fruits magnifiques. On y avait aussi posé une carafe d'eau et un gobelet en cristal.

Jean-Paul ouvrit la porte-fenêtre, invitant Dirk et son assistante à le suivre sur le balcon.

La vue était si belle que Karen en eut le souffle coupé : au-dessous d'eux s'étendait un jardin à la française, au dessin parfait. Les pelouses, encadrées de haies savamment taillées, semblaient s'enorgueillir de superbes massifs de roses rouges, jaunes, roses, blanches... Une vieille balançoire était suspendue à un chêne centenaire et, au centre du jardin, une petite fontaine faisait cascader son eau claire à travers la cruche que tenait une femme sculptée dans la pierre.

Enthousiaste, Karen se tourna vers Dirk qui

surveillait ses réactions d'un œil apparemment imperturbable.

— Quelle merveille ! Il faut absolument que j'aille voir tout cela de plus près ! Si ça ne vous dérange pas, je vais défaire mes bagages tout de suite pour visiter le jardin avant que nous n'allions dîner !

— Votre chambre est juste à côté, précisa Jean-Paul à Dirk. Venez. Je vais vous montrer...

Ils sortirent. Aussitôt, avec son efficacité coutumière, Karen déballa ses affaires en moins de temps qu'il n'en faut pour l'écrire et les suspendit dans l'armoire. Puis elle enleva sa robe rouge et défit son chignon. Par quoi commencer ? Un bain ou la visite du jardin ? Finalement, la curiosité l'emporta. Elle mit des mocassins à talons plats, enfila une robe de cotonnade légère et descendit les escaliers quatre à quatre.

En découvrant le jardin, elle eut l'impression d'entrer dans un autre monde. Tout ici était si merveilleusement paisible... Le parfum des roses embaumait l'air, et une brise amicale jouait dans ses cheveux, faisait voler légèrement sa jupe. Elle resta un long moment immobile, emplissant son regard de tant de beauté. Puis elle emprunta une des allées. Chaque rose était une splendeur et elle s'arrêta vingt fois pour admirer les couleurs de leurs pétales allant du rose le plus pâle au rouge carmin le plus éclatant.

Le jardinier — elle savait que c'était le mari de leur hôtesse — était un véritable artiste. Chaque buisson et chaque centimètre de haie étaient taillés à la perfection. Aux quatre coins du jardin, les buis formaient de grosses boules rondes. Aux carrefours des allées, ils étaient rectangulaires.

Et partout ailleurs en quinconce et en losanges divers. Il y en avait même un en forme de cœur...

En arrivant devant la balançoire, Karen la fit bouger du bout du pied. Incapable de résister et sans se soucier des craquements du bois, elle s'y assis et ferma à demi les yeux, comme éblouie par la lumière du soleil qui, filtrée par les branches des arbres, donnait à l'endroit une atmosphère irréelle. Elle se balança tout doucement, ses lèvres pleines entrouvertes sur un sourire secret, heureuse. Simplement heureuse.

Malheureusement, son emploi du temps ne lui permettait pas de s'attarder trop longtemps si elle voulait se baigner et se changer avant le dîner. Comme elle se levait, elle aperçut Dirk. Debout sur le balcon de sa chambre, il l'observait. Le cœur battant, elle se demanda depuis combien de temps il était là, à la regarder... Mais déjà, il avait disparu.

Elle s'accorda encore quelques minutes. Comme elle aurait aimé passer toute la soirée dans ce jardin...

De retour dans sa chambre, elle enleva sa robe légère, mit un déshabillé en soie ivoire, prit ses affaires de toilette et, nu-pieds, se dirigea vers la porte de la salle de bains et l'ouvrit. Aussitôt, elle s'immobilisa sur le seuil, pétrifiée.

Dirk se tenait devant le lavabo, seulement vêtu d'une serviette nouée autour des reins et le menton blanc de mousse à raser... Il parut se transformer subitement en statue, le blaireau figé en l'air.

— Que faites-vous dans ma...? souffla Karen.

Mon Dieu! Elle avait dû se tromper de chambre!

— Je ne comprends pas... Je suis bien dans...?

60

Dirk rinçait posément son blaireau, maintenant.

— Nous avons le plaisir de faire salle de bains commune, déclara-t-il.

— Commune ? Mais je croyais que..

— Vous croyiez mais voilà, vous ne saviez pas... Nous sommes dans une auberge de campagne, si je peux me permettre de vous le rappeler. Il n'y a qu'une salle de bains pour les deux chambres, avec une porte qui donne dans chacune d'entre elles.

Il se retourna et les yeux de Karen se fixèrent sans qu'elle le veuille sur la toison brune qui couvrait son torse, descendait en V sur le ventre plat pour se perdre sous la serviette.

— Je suis désolée...

Affreusement confuse, elle recula.

— Prévenez-moi quand vous aurez terminé...

— Accordez-moi encore cinq minutes.

Mais, au lieu de continuer à faire sa toilette, il contemplait la somptueuse chevelure qui cascadait en boucles souples sur la soie ivoire. Et Karen ne bougeait pas... Elle était nue sous son déshabillé et elle comprit à son regard qu'il s'en rendait parfaitement compte. Très gênée, elle se détournait pour le laisser seul quand il prononça une petite phrase moqueuse qui, de nouveau, la cloua sur place :

— A moins que vous ne désiriez me rejoindre sous la douche... ?

Et il éclata de rire. Karen claqua la porte et se jeta sur son lit, désespérée tout à coup. Pour son premier voyage en France, il fallait qu'elle supporte la compagnie d'un homme aussi grossier ! Jusque dans sa salle de bains ! Et maintenant, voilà qu'il chantait par-dessus le marché — et qu'il chantait faux ! Oh ! Que faire ? Le noyer tant qu'il était encore sous l'eau... ? Dirk Carlson était certainement la personne qu'elle aurait le plus volontiers rayée de son existence mais... le bruit de la douche s'arrêtait. Elle avança sans bruit vers la porte et colla son oreille à la serrure. Elle n'entrerait pas tant qu'elle n'aurait pas la certitude qu'il n'était plus là...

Ce fut le moment que choisit Dirk pour pousser la porte et projeter, par la même occasion, son assistante sur le sol. Assise par terre, elle frottait sa paupière douloureuse. Elle avait reçu la poignée dans l'œil... et tremblait de souffrance autant que de colère.

— Halloran ? Mais qu'est-ce que vous faites là ? Vous m'espionniez par le trou de la serrure ?

— Pas du tout ! Je... Oh ! Je vous déteste !

Le sourire amusé de Dirk s'évanouit quand il la vit si bouleversée. Karen se sentait tout à coup ridicule, misérable. Et elle avait vraiment très mal. Il l'aida à se relever, la fit asseoir sur le lit et, tandis qu'il se penchait pour examiner son œil, de petites gouttes d'eau tombèrent de ses cheveux sur les joues de la jeune fille. Il sentait bon le savon et le shampooing, une odeur subtile de fleurs et d'épices. La moiteur de son corps encore humide troubla Karen comme une boisson trop forte, d'autant plus qu'elle eut soudain conscience que les seules barrières entre eux étaient cette serviette nouée à la va-vite sur les hanches de Dirk et la soie du déshabillé qui révélait ses propres rondeurs bien plus qu'elle ne les cachait. Irrésistiblement attirée par ce puissant corps d'homme, elle rougit violemment. Se pouvait-il qu'il n'ait rien remarqué ?

D'un doigt, il pressa sa paupière une seconde.

— Vous avez raté de peu l'œil poché...

Puis d'une voix très basse, intime comme une caresse, il ajouta :

— Ç'aurait été bien dommage d'abîmer d'aussi beaux yeux.

Il l'obligea à tourner son visage vers la fenêtre pour l'examiner à la lumière et elle sentit la toison noire frôler ses seins au passage. Ses mains étaient incroyablement douces et elle vit jouer les muscles de ses épaules lorsqu'il s'inclina vers elle.

— Je crois que vous avez un petit bleu ici.

Il appuya doucement sur le haut de sa pommette. Elle tenta de se reculer, terrifiée à l'idée qu'il puisse découvrir comment son corps réagissait à la proximité du sien.

— Un bleu ? Quelle horreur !...

Le visage de Dirk était juste en-dessous du sien et elle se surprit à fixer sa bouche et cette impertinente moustache qui soulignait sa lèvre supérieure. Elle n'avait jamais embrassé d'homme à moustache... Consternée par les pensées qui lui traversaient l'esprit, elle s'empourpra.

Il remarqua la rougeur subite qui colorait ses joues et, pendant une seconde, elle eut l'horrible certitude qu'il avait deviné... Mais il lui prit le menton avec un sourire malicieux.

— Pas d'affolement, Halloran. Avec ou sans bleu, votre Français vous trouve définitivement fascinante !

— Il n'est pas mon Français !

Furieuse, elle s'éloigna de lui autant qu'elle le put.

— Ce n'est qu'une question de temps. Il le sera

sûrement quand vous aurez mené à bien l'offensive de charme commencée tout à l'heure...

— Oh !

Elle sauta sur ses pieds, cherchant à mettre le plus d'espace possible entre eux.

— Allez-vous sortir ? Vous finirez par me mettre en retard !

— A vos ordres, Halloran...

Il repartit par la salle de bains et, au moment de disparaître, il lança, avec un regard diabolique :

— C'est moi qui espionne, maintenant ! Chacun son tour !

Il ferma la porte en riant, juste à temps pour éviter une brosse à cheveux vengeresse qui volait dans sa direction.

Chapitre cinq

Laissant couler l'eau de la douche sur sa nuque, Karen essayait de se calmer. Mais il y avait vraiment de quoi être irritée ! Comment allait-elle faire avec ce... babouin sur les talons ? Il avait plaisanté, bien sûr, quand il avait parlé de l'épier par le trou de la serrure, mais elle avait quand même mis une serviette sur la poignée de la porte. Au cas.

Et cette façon de dire que Jean-Paul était « son » Français ! Ce dernier était beau garçon, c'était vrai, et il savait tourner les compliments... Un peu trop bien, peut-être. Elle ne pouvait nier qu'en sa présence, elle se sentait plus jolie, plus intéressante. Mais il était sans doute tout aussi vrai que ce charmant jeune homme pouvait revendiquer la paternité d'une bonne demi-douzaine d'enfants et que sa femme légitime l'attendait sagement le soir à la maison ! Toutes ces amabilités, ces propositions de lui faire visiter Paris faisaient tout simplement partie de son travail.

Elle sécha ses cheveux et s'habilla pour le dîner. Elle choisit une robe de soie turquoise, au large col cagoule, et un cardigan en mohair de la même couleur. Les deux rangs de perles et les boucles d'oreilles assorties qui lui venaient de sa grand-mère lui semblèrent la touche de raffinement idéale pour ce genre de soirée. De fines sandales de cuir blanc et un petit sac également de cuir blanc complétaient sa toilette.

Karen était fière de sa chevelure. Cependant, celle-ci était si épaisse, soyeuse et bouclée qu'elle ne la laissait jamais flotter sur ses épaules quand elle voulait avoir l'air sérieux. Elle la coiffa donc en torsade qu'elle attacha joliment sur sa nuque. Elle se maquilla soigneusement, se parfuma et se contempla dans la glace. La couleur de sa robe faisait ressortir ce qu'il y avait de vert dans ses yeux noisette et, par contraste, le roux de sa chevelure l'emportait sur le brun. Elle virevoltait devant la psyché quand Dirk frappa à la porte.

Très homme d'affaires, en costume bleu sombre, chemise blanche et cravate de soie à rayures grises et bleues, il attendait en souriant qu'elle ait pris son sac. Elle savait que ses chemises étaient marquées à son chiffre. Elle l'avait déjà remarqué et, lorsqu'elle lui avait demandé la raison de cet élégant détail, il avait simplement répondu que cela lui permettait de ne pas perdre son linge chez le blanchisseur. Ce qui voulait dire, en clair, qu'elle s'occupait de ce qui ne la regardait pas... Pourtant, elle y avait souvent pensé. Elle aimait cette façon de se distinguer. D'ailleurs, elle trouvait que Dirk s'habillait toujours avec une grande élégance.

En le voyant sourire avec tant de malice, elle s'attendit à une petite amabilité du genre : « Vous voyez, Halloran, que vous n'êtes pas si mal que ça quand vous êtes propre et parfumée ! » Mais non... Il continuait à la contempler sans rien dire.

— Vous êtes prête ?

— Oui.

Elle le suivit dehors. Jean-Paul les attendait dans la limousine. Il en descendit pour les accueillir visiblement prêt à reprendre son rôle d'hôte sympathique.

— Mademoiselle Halloran ! Vous êtes radieuse, ce soir...

— Merci.

Pourquoi ce compliment lui aurait-il paru bien plus significatif s'il était venu de Dirk ? Elle n'en savait vraiment rien, mais c'était ainsi.

— Je crois que vous aimerez le restaurant où nous allons, monsieur Carlson. Nous l'avons choisi car il vous rappellera la cuisine de votre pays...

— J'aurais préféré un restaurant français, répliqua sèchement Dirk.

Karen lui jeta un coup d'œil à la dérobée. Avait-elle trop d'imagination ou cherchait-il à être systématiquement désagréable ?

Après cette rebuffade, Jean-Paul n'avait plus qu'à se tourner vers elle. Ce qu'il fit.

— Deux de nos collègues ont amené leur femme, mademoiselle Halloran. Elles seront ravies de rencontrer une responsable féminine de si haut niveau...

— Je ne suis pas moi-même la responsable, corrigea Karen, mais l'assistante de M. Carlson.

— Oh ! c'est une position presque aussi importante ! Vous savez, beaucoup d'entre nous s'attendaient à voir arriver une scientifique austère et sans charme !

De nouveau, Karen se sentit gênée. Un peu plus vivement qu'elle n'aurait voulu, elle demanda :

— Votre femme sera-t-elle des nôtres, ce soir ?

— Ma femme ? Mais je ne suis pas marié ! La

vie d'un célibataire comporte trop d'agréments pour y renoncer en échange du confort d'un foyer !

Karen était assise entre les deux hommes et elle s'aperçut que Jean-Paul s'était penché pour lui parler peut-être un peu plus qu'il n'était nécessaire. Leurs épaules se touchaient. Elle allait s'écarter quand elle remarqua que Dirk les observait en fronçant les sourcils. Il lança à Jean-Paul d'un ton furieux :

— Paris doit être la ville idéale pour un célibataire !

— Sans aucun doute... Mais j'ai entendu dire que votre Californie n'était pas mal non plus !

— C'est vrai. Mlle Halloran et moi aimons vivre là-bas.

Comment ? Il osait sous-entendre... Oh ! Elle l'aurait giflé ! Elle coinça ses mains entre ses genoux pour résister à la tentation. Dirk lui décocha un sourire éblouissant et daigna expliquer, pour le compte de Jean-Paul qui paraissait un peu déconcerté par cette brutale déclaration :

— Enfin, pas ensemble ! J'espère que vous ne vous êtes pas mépris...

Tout cela d'un ton parfaitement innocent.

— Ce que je voulais dire, c'est que les personnes seules peuvent mener là-bas une vie très agréable. N'est-ce pas, mademoiselle Halloran ?

Heureusement, la voiture s'arrêtait devant un restaurant brillamment éclairé, ce qui la dispensait d'avoir à répondre à une question presque aussi déplacée que l'affirmation précédente. Un portier sanglé dans un uniforme rutilant vint ouvrir la portière.

A l'intérieur, l'atmosphère était aussi animée que dans une discothèque. Des spots multicolores éclairaient un bar surpeuplé et, si la partie réservée aux dîneurs était un peu plus tranquille, le rythme d'une batterie venant de la salle voisine dominait tout de même le brouhaha des voix. Jean-Paul fit les présentations et Karen se retrouva placée entre lui et l'un des représentants de la firme française. Dirk était assis en face d'elle, entre deux jeunes femmes.

— Prendrez-vous un steak, monsieur Carlson ? fit l'une d'entre elles en souriant. En général, nos invités d'outre-Atlantique préfèrent cela à notre cuisine française trop sophistiquée...

— Je préfère goûter votre cuisine. Pour une fois, ce sera autre chose qu'une pâle imitation !

Dirk avait déjà fait la conquête des deux femmes. Il passa commande dans un français parfait et Karen nota le sourire approbateur du maître d'hôtel.

Quand vint le moment des desserts et du café, elle était tout à fait à l'aise. Le repas se déroulait à merveille. La conversation était animée et les convives manifestaient une euphorie à laquelle l'excellent bordeaux commandé par Dirk n'était peut-être pas complètement étranger...

— Dites-moi, monsieur Carlson, minauda l'une des jeunes femmes, votre épouse ne se formalise pas de vous voir voyager avec une aussi jolie compagne ?

— Je ne suis pas marié, répondit Dirk en la gratifiant de son plus éclatant sourire. Mais je peux vous assurer que Mlle Halloran ne songe qu'à son travail. Nous ne nous considérons pas comme un homme et une femme, mais comme deux membres de la même entreprise.

Karen en rougit de plaisir. Cela ressemblait si peu au Dirk qu'elle connaissait ! Voilà qu'il abandonnait sa réserve habituelle pour faire son éloge à des étrangers... Elle lui lança un regard reconnaissant.

Après le repas, ils se séparèrent mais l'inévitable Jean-Paul monta en voiture avec eux et leur demanda s'ils avaient des projets pour le reste de la soirée.

— Voulez-vous que je vous fasse découvrir les nuits parisiennes ?

— Non, répondit Dirk sans détour. Ma journée a été suffisamment longue. Mais si Mlle Halloran veut...

— Désolée, Jean-Paul... Je n'arrive plus à garder les yeux ouverts ! Le voyage m'a épuisée. Merci, mais ce ne serait vraiment pas raisonnable...

La limousine filait dans les rues gaiement éclairées, puis dans la banlieue et enfin à travers la campagne plongée dans l'obscurité.

Devant l'auberge Karen et Dirk remercièrent leur chaperon et remontèrent à pied l'allée qui menait à la porte.

— Vous étiez charmante, ce soir, Halloran.

— Vous n'étiez pas mal non plus ! Et vous avez fait grande impression. Surtout aux femmes...

Elle rougit. Cette dernière réflexion était peut-être superflue.

— C'était bien aimable de vouloir nous mettre à l'aise mais quelle drôle d'idée de nous proposer des steaks alors que nous sommes à Paris ! fit-il comme s'il n'avait rien entendu.

Karen approuva et ajouta soudain :

— C'est gentil d'avoir parlé de moi comme vous l'avez fait.

— Je n'ai dit que la vérité.

Ils entrèrent dans l'auberge et montèrent l'escalier.

Il s'arrêta un instant devant la porte de sa chambre.

— Vous parlez très bien le français, Halloran. Ça n'était pas mentionné dans votre curriculum vitæ...

— Encore un de mes talents cachés, monsieur Carlson !

— Ho ! Ho ! Vous voulez dire qu'il y en a encore d'autres ?

Elle se contenta de sourire.

— Si je vous révèle tout maintenant, vous n'aurez plus de surprise et ils ne seront plus cachés... Bonne nuit !

Dirk éclata de rire :

— Vous êtes une femme de tête, Halloran. Bonne nuit.

Karen était étendue dans le noir sur le grand lit à baldaquin, les draps de coton frais à même la peau. Il y avait des années qu'elle dormait nue. Peut-être parce qu'elle avait découvert un jour que Paddy faisait ainsi...? Avait-il vraiment influencé sa vie à ce point ? Elle pensa à lui. Si seulement elle avait pu lui parler, à cet instant... Voyons, que penserait-il d'un homme comme Jean-Paul ? Elle sourit. La réponse s'imposait d'elle-même ! Son père se méfiait des gens trop doucereux, trop conciliants... Ainsi, Joe ne lui plaisait qu'à moitié, bien qu'il n'ait rien fait pour contrarier des sentiments qu'elle croyait sincères à l'époque.

Dirk Carlson, en revanche... Son visage chassa tous les autres de son esprit. Elle se tourna sur le côté. Comme il faisait chaud... Dirk Carlson était coléreux, arrogant, impudent et même taquin ! Comme Paddy ? Ah non ! Personne au monde ne pouvait rivaliser avec Paddy ! Elle remit l'oreiller en forme à grands coups de poing et se tourna dans l'autre sens... Dirk s'amusait à la mettre en colère. Il adorait déclencher l'explosion. Exprès ! Comme Paddy...

Elle se redressa. Décidément, elle ne pouvait pas dormir. Et il lui avait suffi de penser à Dirk pour se sentir tout à fait éveillée... Elle se leva, mit son déshabillé et contempla le jardin baigné de lune. Il semblait lui faire signe, l'inviter à partager sa quiétude.

Elle descendit silencieusement et respira longuement l'air de la nuit, chargé de senteurs. Relevant légèrement son déshabillé, elle prit l'allée qui menait à la fontaine. Le parfum des roses était entêtant, à cette heure-ci. Elle s'approcha, guidée par le bruit de l'eau qui coulait. La paix de ce jardin était magique...

— Quelle beauté !

Elle se retourna brusquement.

— Dirk ! Vous m'avez fait peur. Vous ne dormez pas ?

Il s'approcha d'elle, tout près.

— C'est beau, n'est-ce pas ? murmura Karen en désignant la fontaine.

— Je ne parlais pas de la fontaine... ni du jardin, mais de l'apparition qui s'est glissée dans mon rêve.

Karen le vit sourire dans l'ombre. La gorge sèche, elle tenta de maintenir une conversation normale.

— Oh... Vous rêvez, en ce moment ?

— Oui. Halloran, que faites-vous dans mon rêve ?

72

Il tendit la main, comme pour s'assurer de sa présence et lui effleura le bras, envoyant dans tout son corps des gerbes d'étincelles.

— Je le savais, reprit-il, les yeux à demi fermés. Vous n'existez pas. Juste un fantôme... Ce n'est pas de la peau que je touche, c'est de la soie.

Elle essaya de reculer mais sa main se referma sur elle et l'immobilisa.

— Ne vous envolez pas. Même si vous n'existez pas... C'est si délicieux de vous toucher...

Il l'attira à lui, caressant ses cheveux, laissant glisser les mèches bouclées entre ses doigts.

— Toujours de la soie... Halloran, vos cheveux sont tellement plus beaux dans mon rêve qu'au bureau ! Vous devriez toujours les laisser libres. Ils flottent autour de votre visage comme un nuage roux... Décidément, j'aime ce rêve. C'est la première fois que vous m'apparaissez sous la forme d'un ange, plein de douceur et d'innocence... Rien à voir avec le petit chat sauvage que je dois affronter d'habitude !

Elle voulut se dégager mais il la retint fermement par l'épaule. Lentement, il fit glisser ses doigts le long de la gorge blanche, appuyant sur la petite veine qui palpitait follement à la base de son cou.

— Et si je m'étais trompé ? Si vous n'aviez rien d'un fantôme ? C'est bien un battement de cœur que je perçois là... Voyons...

Il se pencha et ses lèvres, légères, se posèrent sur sa gorge. Le contact de sa moustache lui agaça la peau, déclenchant une vague de petits frissons le long de son dos.

— Halloran... Vous sentez si bon.

Il saisit doucement le lobe de son oreille entre ses dents, faisant mine de le grignoter.

— Un vrai délice...

— Dirk... Vous êtes devenu fou ?

Il l'avait sentie frémir et il la retint, l'empêchant de fuir.

— Oui. A cause de vous. Je vous regarde vous agiter, étudier des dossiers, préparer des rapports et savez-vous la seule idée qui me vient à l'esprit ? Vous embrasser.

Il se mit à rire devant son air éberlué.

— Oh ! Halloran... Si vous pouviez vous voir ! On dirait que vous venez de croiser un martien !

— Dirk, j'aimerais...

— Moi aussi. Je vais d'ailleurs passer aux actes.

Il la reprit fermement contre lui et pressa sa bouche sur la sienne. Pendant quelques secondes, Karen fut trop secouée pour réagir. Ce contact la remuait profondément... Elle crut que ses jambes allaient la trahir.

Dirk s'écarta légèrement, posant les deux mains sur ses épaules. Et elle vit, à son regard, qu'il était aussi bouleversé qu'elle par ce baiser. Il se tut un long moment, l'observant entre ses paupières mi-closes, comme s'il n'arrivait pas à croire à ce qui lui arrivait.

Et lorsqu'il l'attira de nouveau contre lui, ce fut le même vertige. Il prit ses lèvres, lui laissant tout le temps de goûter sa chaleur. Il la mordillait doucement puis redevenait caressant, comme pour mieux la persuader de se détendre, de desserrer ses poings crispés contre sa poitrine, de le laisser aller plus loin... Quand il la sentit plus disponible, il promena sa langue sur le bord ourlé de sa lèvre et elle eut l'impression qu'on lui plantait un millier d'épingles minuscules au creux des reins. Elle entrouvrit la bouche et il y glissa sa langue, explorant longuement sa douceur. Et lorsqu'elle retrouva un peu ses esprits, elle s'aperçut qu'au lieu de résister, elle s'accrochait désespérément à la chemise de Dirk... Que s'était-il passé en elle ?

Elle sentait sous ses paumes le battement désordonné de son cœur. Il releva la tête et lui prit le visage entre ses mains, plongeant au plus profond de son regard où la lune accrochait des reflets d'argent.

Du bout des lèvres, il déposa un léger baiser sur le petit bleu de sa pommette.

— Ça fait encore mal ?

Comment imaginer qu'on puisse jamais avoir mal quand on était entre ses bras ?

— Presque plus...

Les ombres mouvantes sculptaient son visage viril. Et les boucles sombres qui retombaient sur son front, le trait noir de sa moustache lui donnaient une allure mystérieuse et un peu inquiétante.

Frappée par un rayon de lune, elle avait succombé à son charme... Mais il était encore temps de se reprendre !

— Nous allons oublier tout ce qui vient d'arriver...

Elle ne sut jamais comment ces mots avaient pu franchir sa gorge.

— Vous croyez ?

Il avait parlé d'une voix rauque, un peu voilée.

— Oui. Il le faut. C'était à cause... du vin que nous avons bu ce soir. De cette merveilleuse auberge. De la lune...

— Et l'homme et la femme que nous sommes, Halloran ?

— Non, les membres d'une même entreprise, comme vous l'avez dit tout à l'heure.

— J'ai menti, fit-il en souriant.

— Nous nous sommes laissés prendre au charme de l'endroit, rien de plus, conclut-elle brusquement.

Voilà qui était mieux. La raison lui revenait... et sa tendance à l'emportement aussi.

Mais Dirk repartait à la charge :

— Ça n'a rien à voir avec l'endroit, Halloran. Vous m'avez ensorcelé...

— C'est Paris qui vous ensorcelle !

Il fallait bien trouver une explication logique pour éviter d'avoir à admettre combien il l'attirait.

Elle se dégagea et mit quelques pas entre eux.

— Je vous croyais trop fatiguée pour sortir avec votre Français, ironisa-t-il. Alors, que faites-vous au milieu de ce jardin ? Vous devriez dormir depuis longtemps !

— J'y cours, Dirk. Vos plaisanteries me fatiguent, en effet ! Je vous ai déjà dit qu'il n'était pas « mon » Français... Et puis, j'étais trop excitée par toutes ces nouveautés pour trouver le sommeil...

— Venez faire un petit tour de balançoire sur mes genoux, Halloran ! Rien qu'un, avant de rentrer... Ça semblait si agréable quand vous vous balanciez cet après-midi ! Vous m'en avez donné envie...

Elle évita la main tendue qui la cherchait et recula.

— Je ne veux pas me balancer avec vous, Dirk. Ni rester plus longtemps en votre compagnie. Ni vous embrasser ! Jamais plus...

Il s'appuya à un tronc d'arbre, les bras croisés.

— Tu ne veux plus jouer avec moi ? fit-il, moqueur. C'est fini ? Tu ne m'aimes plus ? Oh ! petite Karen, vous ne savez pas ce que vous ratez... Restez, on va bien s'amuser !

Pour toute réponse, elle fit demi-tour et reprit le sentier inondé de lune.

— Halloran, vous êtes une vraie sorcière ! Vous êtes nue sous ce déshabillé... Et savez-vous que, sous la lune, on dirait même que vous ne portez rien du tout ? Non pas que je m'en plaigne, d'ailleurs ! D'ici, la vue est superbe !

— Vous êtes insupportable ! Quand est-ce que vous allez grandir ?

Elle se sauva en courant, poursuivie par le rire de Dirk. Comment arrivait-il à l'agacer autant ? Elle était hors d'elle !

Dans sa chambre, elle jeta un coup d'œil par la fenêtre. Il était toujours là-bas, assis sur la balançoire, le visage levé vers elle comme s'il pouvait l'apercevoir dans la pénombre de sa chambre... Elle tira les rideaux et se recoucha. Mais ne s'endormit pas. Tant d'images défilaient dans sa tête... Elle revivait chaque instant de leur rencontre sous la lune. Chaque mot, chaque baiser... Comme c'était curieux : elle n'arrivait plus à se rappeler le visage des hommes qu'elle avait connus... Pas même Joe, dont les traits se brouillaient pour devenir ceux de l'homme arrogant et malicieux qui venait de la serrer dans ses bras. Elle se renversa sur son oreiller. Mais que lui arrivait-il ? De tous les hommes au monde, pourquoi fallait-il que ce soit ce Dirk Carlson qui lui fasse cet effet-là ? Lui qui était justement le seul à pouvoir la faire sortir de ses gonds en moins d'une minute !

Pourtant, quand il la touchait, sa caresse était

si douce... Ses lèvres enflammaient sa peau. Et cette moustache qui brossait un peu au passage, qui picotait, chatouillait... si délicieusement... Jamais les baisers de Joe n'avaient été aussi brûlants.

Il fallait qu'elle admette une chose : sur le plan sexuel, Dirk Carlson était l'homme le plus excitant qu'elle ait jamais rencontré. Et dans ce domaine, elle manquait cruellement d'expérience, comparée à lui.

Karen Halloran, tu es sur le point de perdre la tête... se dit-elle en s'apercevant qu'elle tremblait dans le noir.

Chapitre six

Karen, en état d'apesanteur, flottait dans la lumière dorée, sur une mer de nuages, très loin de la planète Terre... Trois coups secs frappés à sa porte brisèrent son rêve. Une voix cria :

— Le petit déjeuner dans une demi-heure ! Debout, Halloran !

Elle gémit, mais n'ouvrit pas encore les yeux. Comment pouvait-on hurler de cette façon de si bonne heure ? Révoltée, elle tira résolument les draps jusqu'au-dessus de sa tête.

Un instant plus tard — deux secondes ? deux heures ? — on ouvrit brusquement la porte et une main sans pitié rejeta la couverture au pied du lit... Elle ouvrit un œil. Un visage revêche apparut dans son champ visuel.

— Il vous reste à peine vingt minutes !

— Laissez-moi...

— Faudra-t-il que j'enlève aussi le drap et que je vous traîne hors du lit, Halloran ?

Tout à coup, Karen retrouva sa lucidité — comme toujours, elle était nue, sous ce drap qu'il menaçait de soulever...

— Je suis réveillée ! Sortez maintenant !

Dès qu'elle fut seule, elle se leva et alla sur la pointe des pieds, jusqu'à la porte de la salle de bains. Là, elle écouta attentivement, pour s'assurer qu'elle pouvait y entrer. Elle ne tenait pas à surprendre Dirk dans cette tenue, d'autant qu'il ne serait peut-être pas plus vêtu qu'elle... Se souvenant alors de ce qui s'était passé entre eux la veille, elle frissonna.

Elle réussit à rattraper son retard et fit son entrée juste à l'heure dans la charmante salle à manger. Aujourd'hui, elle allait travailler. Aussi avait-elle mis un ensemble de lainage fuchsia et un chemisier de soie rose très pâle à col Mao.

Dirk était assis devant une pile de dossiers. Il leva à peine le nez à son arrivée. Elle s'assit et se servit une tasse de café. Puis elle prit un croissant chaud dans la corbeille posée sur la table.

— Halloran, voici notre programme pour aujourd'hui, dit-il de ce ton sec qu'il prenait pour donner des ordres. Tout est noté. Vérifiez au fur et à mesure que nous n'oublions rien. Il faut que nous ayons tout vu lorsque nous quitterons l'usine.

Elle parcourut la liste des yeux. S'il fallait vraiment faire tout ça, ils auraient à peine terminé à minuit...

— A quelle heure vous êtes-vous levé pour avoir déjà écrit ce roman-fleuve ? demanda-t-elle, ironique.

Il fronça les sourcils, lui lança un regard sombre et se pencha de nouveau sur ses papiers.

— Je l'ai fait hier soir, avant de me coucher.

Mme Dumas, leur hôtesse, choisit heureusement cet instant pour leur apporter d'appétissantes brioches et un pot de confitures de framboises faites à la maison.

— Mmm... soupira Karen en mordant une brioche. Elles sont fabuleuses...

Mme Dumas parut ravie du compliment puis,

l'air désolé, elle se tourna vers Dirk qui avalait toutes ces douceurs sans cesser d'étudier un épais dossier dactylographié. Il ne prêtait aucune attention à ce qu'on lui servait et, s'il le trouvait bon, il semblait farouchement décidé à ne l'avouer à personne...

— Lisez très attentivement ces rapports, quand vous aurez une minute. Et n'oubliez pas d'emporter un bloc-notes pour consigner toutes les informations importantes pendant la visite de l'usine. Vous m'en ferez un compte rendu complet dans la soirée. Il vaut mieux le rédiger tant que vous avez encore toutes les données à l'esprit. N'oubliez aucun détail.

Il reprit sa lecture, sans se soucier d'elle.

Karen pensa qu'elle était réellement en train de devenir son « ordinateur personnel », comme il l'avait prévu. Et ça n'avait rien de plaisant. Elle était un être humain, pas une machine.

Quand Jean-Paul arriva, elle fut presque contente de le voir. Lui, au moins, savait lui montrer qu'elle lui plaisait... Et elle avait tellement envie de parler à quelqu'un qui lui réponde et la regarde — quelqu'un qui ne soit pas obsédé par son travail...

— Bonjour, mademoiselle Halloran ! Savez-vous que vous êtes éblouissante, ce matin ?

Elle l'aurait embrassé !

— Merci, Jean-Paul.

Dirk la foudroya du regard avant de se lever. Bientôt, ils roulaient vers les bâtiments de l'entreprise situés à la sortie de Paris, dans une banlieue industrielle.

Après la présentation des deux Américains aux responsables de l'usine, ils commencèrent tout de suite la visite des lieux et ne s'arrêtèrent qu'à l'heure du déjeuner.

Lorsque Karen fut assise avec les autres, à une table du restaurant de l'entreprise, elle put enfin souffler un peu. Dirk, lui, était infatigable... Il mangea à peine et se leva, allant de table en table, serrant des mains et posant des questions, bavardant avec chacun. Elle l'observait, atterrée par un tel déploiement d'énergie. Comment pouvait-il tenir un rythme pareil ? Les employés étaient visiblement tout de suite à l'aise avec lui qui parlait, souriait, plaisantait... Et ça marchait ! Un politicien cherchant à rallier les foules à sa cause ne s'y serait pas mieux pris. La vérité, c'était qu'il s'intéressait à tout et à tous... sauf à Karen. Il ne lui avait pas dit deux mots de toute la matinée.

— M. Carlson est d'un dynamisme étonnant, lui murmura Jean-Paul. A le voir ainsi, au milieu de nos employés, on comprend qu'il a une très forte personnalité....

— Oui, en effet...

Sans s'en rendre compte, elle ne le quittait pas des yeux depuis qu'il circulait dans la grande salle.

— Avez-vous l'intention de faire un peu connaissance avec notre pays ?

A cet instant Dirk, qui était pourtant à l'autre extrémité de la pièce, lança un rapide coup d'œil à Karen, comme s'il avait entendu. Elle ne put s'empêcher de rougir d'émotion.

— Oh... Nous avons eu beaucoup de travail jusqu'à présent, répondit-elle distraitement à Jean-Paul.

— Mais il faut absolument faire un peu de

tourisme avant de repartir ! Je serais ravi de vous montrer Paris... Etes-vous libre, ce soir ?

— J'ai bien peur de ne pouvoir faire aucun projet, lui dit-elle d'un ton ferme. Je suis ici pour assister M. Carlson et je ne peux pas savoir jusqu'à quelle heure il travaillera, ce soir.

Jean-Paul eut un sourire entendu.

— Bien sûr... Je comprends parfaitement.

Il la contemplait avec une sorte de convoitise.

— Ce doit être fascinant et très... gratifiant de travailler avec un homme comme lui.

Dirk revenait vers eux. Il entendit la dernière réflexion de leur guide.

— Mademoiselle Halloran, j'ai deux ou trois choses à vérifier avec vous.

Elle remarqua qu'un petit muscle tressautait au coin de sa bouche, signe d'irritation, de tension... Elle se leva.

— Excusez-moi, Jean-Paul...

Dès qu'ils se furent éloignés, Dirk demanda sèchement :

— Que lui racontiez-vous ?

— Rien de passionnant. Nous bavardions... Pourquoi ?

— La phrase que j'ai entendue n'était pas innocente. Il a bien fallu que vous lui donniez une raison de vous répondre ça ! Qu'étiez-vous en train d'essayer de lui faire croire ? Ne me dites pas que vous êtes naïve au point de ne pas comprendre ce qu'il voulait dire par « gratifiant » !

— Mais enfin, pourquoi toujours m'accuser ? Je n'ai fait que refuser une invitation pour ce soir en disant que nous aurions sûrement à travailler ensemble. Je ne suis tout de même pas responsable des conclusions qu'il a pu en tirer !

Dirk scruta son visage comme s'il cherchait à y découvrir la vérité. Et soudain, il parla d'autre chose. L'examen avait dû être satisfaisant...

— Vous avez vérifié où nous en sommes sur la liste ?

— Oui. Nous n'avons pas encore vu la moitié des installations.

— Parfait. Ne traînons pas.

Il partit comme une flèche et elle dut presque courir pour le rattraper. Pendant le reste de la visite, Dirk posa tant de questions qu'elle en avait le vertige. Il lui faudrait des heures pour mettre de l'ordre dans toutes les notes qu'elle prenait... A la fin de l'après-midi, elle était aussi épuisée qu'après un marathon. Ses escarpins étaient devenus des instruments de torture, elle avait une crampe au poignet à force d'écrire et du brouillard dans la tête.

Et ce n'était pas fini ! Dans la voiture, elle dut faire tous les frais de la conversation car Dirk et Jean-Paul n'avaient décidément rien à se dire. Elle échangea donc des banalités avec le Français pendant que Dirk fixait le paysage d'un air féroce. Aussi, lorsqu'ils arrivèrent à l'auberge, la seule chose que Karen arrivait encore à envisager clairement, c'était le bain chaud où elle allait immédiatement se plonger !

Elle monta dans sa chambre sans attendre Dirk qui avait disparu du côté des cuisines.

Quelques minutes plus tard, elle s'allongeait dans l'eau brûlante, mousseuse et parfumée. Enfin tranquille... Elle ferma les yeux.

Reposant la grande serviette-éponge, elle nouait la ceinture de son déshabillé quand elle entendit frapper. Elle eut à peine le temps de se

84

retourner que Dirk entrait, sans autre forme de procès.

— Je fais monter des sandwichs. Nous les mangerons en mettant nos notes au propre.

— Vous faites monter des...

Ils étaient en France et ils allaient passer la soirée à travailler en grignotant des sandwichs ? C'était tout simplement inouï... ahurissant !

— Passez un vêtement pratique, reprenait Dirk sans remarquer sa déception. Nous allons nous installer dans ma chambre, le bureau y est assez grand pour deux.

Karen se mordit la lèvre. Cette espèce de tyran n'était pas le même homme que celui qu'elle avait cru découvrir la veille... C'était impossible. Elle avait dû rêver ! Elle s'était pourtant dit cent fois qu'il était temps de se conduire en grande personne et de cesser d'imaginer la vie aux couleurs de son bon plaisir... Enfin, puisque Dirk avait repris son rôle de dictateur, elle n'avait plus rien à redouter : il devenait très facile de le détester !

La soirée s'annonçait fraîche. Karen enfila un pull angora blanc et un pantalon de laine grise. Elle brossa longuement ses cheveux, chaussa ses mocassins, ramassa son attaché-case et alla frapper à la porte de la chambre de Dirk Carlson.

Leurs chambres étaient presque semblables, à l'exception du grand bureau d'acajou qui meublait celle-ci. Dirk avait laissé les portes-fenêtres entrouvertes et la brise soulevait doucement les rideaux.

— Par ici, fit-il en déblayant d'un revers de main la paperasse entassée. Voilà une chaise.

Ils travaillèrent un moment avant de se restaurer. M. Dumas avait allumé du feu dans la

cheminée et Mme Dumas leur servit un repas froid
— gigot, fromages et pain croustillant, le tout
arrosé de vin rouge. Et pour le dessert, de
magnifiques pommes dorées par le soleil.

Bien que toujours furieuse de la façon si cava-
lière dont Dirk la traitait depuis ce matin, Karen
se détendit un peu en prenant ce repas simple et
exquis, devant la cheminée. Finalement, après
une journée aussi épuisante, c'était sûrement la
meilleure manière de se relaxer. Avec un autre
homme que Dirk, cette soirée aurait pu être
charmante et romantique à souhait dans ce
décor... Oui. Avec un autre...

Le regard perdu dans les flammes, il semblait
ailleurs, Karen ôta ses mocassins et s'étira.

— C'est le paradis...

Il dut faire un effort pour fixer son attention.

— Oui, je me sens mieux moi aussi. Cette
journée a été longue et nous avions bien besoin de
calme. Venez, ajouta-t-il en reposant son verre. Il
nous reste encore pas mal de travail.

Esclavagiste ! soupira-t-elle intérieurement.
Mais elle se leva et s'installa près de lui. Ils
passèrent une bonne heure et demie à classer
leurs notes. A un moment, comme Karen frisson-
nait, Dirk s'interrompit pour fermer la fenêtre.

— Il faudra me taper le compte rendu, fit-il en
se rasseyant.

Il effleura son épaule en passant et sentant
immédiatement qu'elle se raidissait, il s'écarta.

— Tout de suite ? Bien.

— Si vous êtes trop fatiguée, vous le ferez plus
tard...

Karen eut l'impression très nette qu'il ne disait
cela que par politesse.

— De toute façon, si je ne liquide pas ce travail

ce soir, je le retrouverai demain matin ! déclara-t-elle. Autant m'en débarrasser.

Elle s'installa à la machine. Le rapport lui parut vraiment interminable... Quand elle en eut enfin tapé le dernier mot, Dirk le relut et leva le pouce en signe d'approbation. Au bord de l'épuisement, Karen se voyait déjà entre ses draps quand elle l'entendit conclure :

— Il nous reste encore ce dernier dossier à voir. Ensuite, nous irons dormir.

Est-ce que tout ça ne finirait jamais... ? Résignée, elle prit les papiers et alla s'asseoir devant la cheminée. Grâce à un énorme effort de concentration, elle parvint à lire la première page, puis les lignes se brouillèrent et les mots se mirent à danser sous ses yeux. Elle se redressa, rassemblant toute son énergie pour rester éveillée...

Elle était repartie sur sa mer de nuées, flottant doucement, légère comme une bulle, très loin de la planète Terre. Soudain, Dirk était là et sa voix rude chassait les nuages :

— Allons, Halloran, c'est l'heure d'aller au lit. Vous en avez assez fait pour aujourd'hui.

Sans ouvrir les yeux, elle leva la main, sentit un souffle tiède, la chaleur d'une bouche contre sa paume...

— Laissez-moi dormir...

Elle redevint bulle bondissant de nuage en nuage... Deux bras musclés soulevèrent la bulle... qui n'explosait pas. Au contraire, elle reprenait corps contre une poitrine d'homme... Instinctivement, Karen enlaça le cou de cet homme et se blottit au creux de son épaule accueillante.

Dirk se mit à rire tout bas. Ce rire glissa sur

elle, électrisant chaque centimètre de sa peau. Elle resserra un peu plus son étreinte.

Sa tête s'enfonça dans un oreiller : elle était sur son lit. Des mains très douces défirent la fermeture de son pantalon.

— Halloran, enlevez ce truc-là.

Elle se retourna sur le ventre, refusant de coopérer.

Il la saisit par les épaules, la remit sur le dos et essaya encore de venir à bout de cette fermeture. Elle sentit qu'on lui soulevait les pieds puis qu'elle pouvait remuer librement les jambes.

Le matelas céda un peu sous le poids de Dirk. Il s'assit à côté d'elle et elle se retrouva les bras en l'air, tandis que son pull passait devant ses yeux, accrochant un peu son nez au passage. Puis plus rien. Juste l'air de la nuit sur sa peau.

Un instant, Dirk caressa son épaule satinée. Elle entendit une sorte de juron grommelé d'une voix étrange, un peu rauque. Une caresse douce comme un murmure effleura ses lèvres, elle sentit une petite brosse balayer sa joue et les draps furent rabattus sur elle, l'enveloppant de chaleur.

Karen s'étira. Curieux... Comment pouvait-elle se trouver dans ce lit sans avoir le souvenir de s'être couchée ? Voyons... Elle avait commencé à lire ce rapport et... La mémoire lui revint tout d'un coup et elle se figea... Seigneur !

Elle se leva d'un bond et se précipita devant la psyché : elle était en slip et soutien-gorge couleur chair, autant dire nue... Le pull angora était soigneusement plié sur une chaise et son pantalon suspendu dans l'armoire. La honte la submergea. Elle enfouit son visage dans ses mains.

Que pouvait-il exister de plus humiliant que d'être mise au lit — et déshabillée — par son patron ? Elle ne pourrait plus jamais le regarder en face. Elle avait dû lui paraître stupide comme une oie ! Si seulement elle pouvait se cacher dans un trou de souris et y passer le reste de ses jours... Non, ce serait une vie trop triste et, d'ailleurs, de quel droit Dirk s'était-il permis cette intrusion dans son intimité ? Il était son patron, pas son ange gardien ! Plus forte que la honte, une rage folle s'emparait d'elle. Dirk Carlson avait vraiment outrepassé les limites de la décence !

Elle prit son déshabillé pendu dans l'armoire, l'enfila rapidement, fonça vers la salle de bains commune et frappant un seul coup — mais assez fort pour ébranler la maison —, elle se précipita dans la chambre de Dirk. Il était sur le balcon, vêtu d'un jean et en train de fumer tranquillement une cigarette... Au bruit qu'elle fit en arrivant, il se retourna.

— Comment avez-vous osé... ? s'écria-t-elle, écarlate de fureur.

Il éteignit la cigarette et, enfonçant calmement les mains dans les poches de son jean, il considéra avec un grand intérêt cette espèce de chat sauvage qui venait de bondir dans sa chambre, toutes griffes dehors.

— Vous auriez peut-être préféré passer la nuit dans mon fauteuil ? Si je vous y avais laissée, vous auriez pas mal de courbatures, ce matin, je vous le garantis !

— Ne faites pas semblant de ne pas comprendre ! Comment avez-vous osé me déshabiller ?

— Ecoutez, Halloran. Imaginez dans quel état serait votre magnifique pull angora si vous l'aviez gardé pour dormir. Il serait froissé et ses longs poils si collés qu'il vous ferait ressembler à un chien mouillé ou à un poussin qui sort de l'œuf !

— Mais comment pouvez-vous plaisanter avec tout ça ? Vous ne comprenez donc pas ? J'ai l'impression d'avoir... d'avoir été violée ! Vous n'aviez pas le droit de profiter de mon épuisement pour me toucher !

Il s'approcha d'elle. Il la sentait au bord des larmes.

— Eloignez-vous !

— Halloran, vous vous mettez dans des états impossibles pour trois fois rien...

— Trois fois rien !

— Bon sang, je ne vous ai pas violée ! La simple vue d'une femme dans cette tenue ne suffit pas à déclencher mes bas instincts, vous savez. J'en ai vu plus d'une en soutien-gorge... et un certain nombre sans rien du tout, aussi, ajouta-t-il en réprimant de justesse un sourire.

— Que m'importe ce que vous avez fait avec les autres ! Moi, je suis moi ! Vous croyez que je vais pouvoir travailler avec vous, maintenant ?

Elle se détourna. Il ne fallait pas pleurer, pas devant lui !

Dirk comprit qu'il était temps de faire diversion. Il ne pouvait pas la laisser se déchirer ainsi plus longtemps pour un incident qui n'en valait vraiment pas la peine. D'un ton volontairement bourru, il lui ordonna :

— Allez vous habiller. Il est tard. Le petit déjeuner sera servi dans un instant.

Elle le foudroya du regard, écœurée par tant de lâcheté.

— Halloran... ajouta-t-il avec plus de gentillesse, j'ai vraiment cru bien faire, hier soir. Si je vous ai choquée, j'en suis navré. J'espère que vous me le pardonnerez et que vous pourrez continuer à travailler avec moi.

Ses excuses la prirent complètement au dépourvu. Elle s'attendait à tout sauf à ça ! Ne sachant que répondre, elle se sauva dans sa chambre.

Une demi-heure plus tard, elle descendait à la salle à manger, impeccable dans un tailleur bleu marine éclairé d'un chemisier de shantung immaculé. Elle avait tiré ses cheveux en un chignon strict. Elle s'assit et se servit du café, gardant les yeux baissés.

Ce matin, Dirk semblait prendre le temps d'apprécier son déjeuner composé d'œufs pochés, d'épaisses tranches de jambon fumé et de croissants à la confiture.

— Vous devriez en prendre un, Halloran. Ils sont délicieux.

Elle grignota un croissant machinalement, sans plaisir.

Ayant de nouveau rempli sa tasse, il observa son assistante. Elle n'avait pas encore levé les yeux de la nappe.

— Vous êtes prête ?

— Mais la voiture n'est pas encore arrivée ?

— Je l'ai décommandée.

— Peut-on savoir pourquoi ?

— Parce que j'en ai assez de votre Jean-Paul. J'ai loué une autre voiture. Elle est garée dehors.

Elle le suivit dans l'allée où une superbe voiture de sport noire les attendait. En posant son attaché-case sur le siège arrière, elle caressa d'une main presque respectueuse le cuir luxueux des coussins.

Le moteur rugit. Quittant l'allée, Dirk embraya rapidement et accéléra. Quand la voiture bondit, Karen ne put s'empêcher de sourire.

— Vous aimez vraiment ces engins, n'est-ce pas, Halloran ?

— Oui. Depuis toujours...

Peu à peu, elle se détendait. Elle appuya sa tête contre le confortable dossier.

— Ça vous plairait de la conduire ?

Rien n'aurait pu lui faire davantage plaisir... Elle essaya bien de prendre un air blasé mais la tentation était trop forte.

— Je peux ?

Il s'arrêta pour lui laisser la place. Karen s'installa, regarda le tableau de bord, passa les vitesses... La voiture répondait au quart de tour.

— Quelle puissance...

Dirk la regardait, ravi de son enthousiasme.

— Où allons-nous ?

— Vous tournerez à gauche au prochain croisement.

— Mais il me semble que l'usine est de l'autre côté !

— Je sais.

Il se mit à rire et, lui jetant un rapide coup d'œil, elle fut de nouveau frappée par la transformation de son visage lorsqu'il riait.

— Vous vouliez voir le pays, je crois ? Et autrement qu'en faisant du tourisme idiot ? N'aviez-vous pas envie de vous promener dans les rues, de flâner aux terrasses des cafés ? Eh bien ! nous y voilà ! Nous avons liquidé tout notre programme hier. Aujourd'hui... à nous la liberté !

Chapitre sept

A bonne vitesse, sur ces petites routes, Karen conduisait, avec un plaisir évident, le bolide aux lignes d'une extraordinaire pureté. Ils avaient ouvert la capote pour profiter des premiers rayons du soleil. Dirk admirait sa technique et son aisance au volant. Sa beauté aussi. Il la trouvait radieuse et si naturellement ravissante avec ses yeux brillant d'excitation, ses joues roses... Il n'osa pas tendre la main pour caresser une mèche rousse qui volait dans le vent.

Elle ralentit à l'approche d'un croisement.

— Vous me rendez les commandes ?

— Oui, fit-elle en souriant. Merci, Dirk. J'avais toujours rêvé d'en conduire une comme ça...

Il prit la direction de Paris après avoir consulté la carte. Un moment plus tard, le moteur commença à tousser, eut des ratés et, soudain, la voiture s'arrêta.

— Qu'est-ce qui se passe ? rouspéta Dirk. En panne dans ce trou perdu... c'est bien notre chance !

Très calme, Karen enleva la veste de son tailleur, descendit et releva le capot sous les yeux du vice-président de la CI, interloqué. Elle resta quelques minutes penchée au-dessus du moteur, puis annonça :

— Ça y est! Vous voulez bien faire un essai?

Sceptique, il mit le contact, démarra. Le moteur ronronnait parfaitement. Déjà, Karen s'installait de nouveau près de lui, souriante.

— Seriez-vous capable de faire des miracles, princesse?

— Ce n'est qu'un autre de mes nombreux talents cachés, Votre Altesse.

— Vous ne vous en tirerez pas comme ça! Allez, passez aux aveux...

— Puisque vous m'y forcez si gentiment... dit-elle en riant. Ça n'était qu'une petite défaillance du Delco.

Il la regardait, admiratif et attendri, et ne put s'empêcher de repousser une mèche bouclée égarée sur la joue de Karen. Elle frémit à cette caresse infiniment légère.

— Très impressionnant, Halloran, assura-t-il.

Elle rougit à ce compliment, tandis que le regard de Dirk allait de son visage à ses seins fermes qui gonflaient le chemisier.

— J'espère que vous avez aussi des talents de... blanchisseuse?

— Oh!

Elle baissa les yeux sur son chemisier puis contempla, consternée, ses mains noires et graisseuses.

— Je n'arriverai jamais à faire partir tout ça...

Dirk dénicha un chiffon dans la boîte à gants et le lui tendit.

— Ne vous en faites pas, Halloran. A la première ville que nous traversons, je vous offre un autre chemisier. Ça ne sera que justice. Vous êtes une mécanicienne formidable!

Ils repartirent et entrèrent bientôt dans une charmante petite ville aux rues pavées bordées de vieilles maisons de pierre aux toits d'ardoise. Les rues étaient déjà très animées et les terrasses des cafés pleines de gens qui prenaient le soleil en bavardant.

— Quel endroit agréable ! s'émerveilla Karen.

— Venez ! Pour bien comprendre ce pays, il faut s'y promener à pied.

Laissant dans la voiture sa veste et sa cravate, il retroussa les manches de sa chemise, la rejoignit dehors et lui prit la main. Elle se sentait un peu gênée avec ce tailleur tellement strict dans cette atmosphère bon enfant.

— Ça n'est pas tous les jours que j'ai l'occasion de me balader main dans la main avec mon mécano personnel !

— Non seulement je suis votre ordinateur personnel, mais me voilà maintenant votre mécano personnel ! Quel rôle allez-vous encore me donner pour que votre confort soit complet ?

— J'ai une idée très... personnelle sur cette question et je me demande si vous êtes prête à coopérer personnellement... ?

Karen rougit, ne sachant que répondre. Ils marchèrent un moment sans rien dire.

— Tiens ! fit soudain Dirk en s'arrêtant devant une vitrine. Voilà ce qu'il nous faut.

Elle le suivit dans la boutique. Une vieille dame, couturière de son état si l'on en croyait la pelote d'épingles fixée à son bras et le mètre ruban autour de son cou, les accueillit. Lorsqu'elle eut compris ce qu'ils désiraient, elle guida Karen vers le salon d'essayage où elle lui apporta bientôt une ravissante robe bain de soleil en dentelle blanche.

— Oh non ! se récria la jeune fille. J'ai seulement besoin d'un chemisier...

Devant l'insistance de la vieille dame, elle finit par essayer la robe. Une vraie merveille avec son large décolleté bateau souligné d'un volant de dentelle ; ajustée sur le buste, serrée à la taille, elle était évasée à partir des hanches et longue jusqu'aux chevilles où un autre volant dissimulait l'ourlet.

La couturière retira les quelques épingles qui retenaient le chignon de Karen et lui tendit une paire de ballerines de satin blanc dont les lacets s'enroulaient autour de la jambe. La jeune fille se contempla dans le grand miroir avec stupeur. Cette vieille dame devait être une fée pour réussir, en si peu de temps, une telle transformation... Dans un élan de joie, elle s'élança dans le magasin où Dirk attendait.

— Halloran, c'est bien vous ?

Elle sourit, toute rose de plaisir. Il l'examina visiblement ébloui et, sous ce regard, elle osait à peine respirer. Puis il paya. La couturière emballa le tailleur dans une boîte en carton et ils reprirent leur promenade dans les rues. De nouveau, il prit la main de Karen qui ne protesta pas plus que tout à l'heure.

La terrasse ombragée d'un café les invitait à la halte. On leur apporta café et tartines et, tout en mordant dans la croustillante et célèbre baguette française, Dirk demanda :

— Expliquez-moi donc comment vous avez acquis toutes ces connaissances en mécanique...

— J'ai été élevée dans une ferme, dit-elle. A douze ans, je savais conduire un tracteur... Depuis, la mécanique m'a toujours fascinée. J'ai même demandé à suivre des cours au collège. Au premier semestre, j'étais la seule fille, se rappela-t-elle en riant. Au second, les autres étaient tellement jalouses de me voir seul au milieu de tous ces garçons qu'elles se sont inscrites en masse ! Le professeur n'avait jamais vu ça !

Dirk l'observait, notant ses yeux splendides au regard profond et toujours un peu rêveur. Sa beauté naturelle se passait de maquillage. Rien n'aurait pu la rendre plus belle — elle était née parfaite. Et, surtout, elle avait cette vivacité si particulière qui la rendait si attachante... Avec elle, on se sentait bien. Tout simplement.

— Mon père a fini par s'inquiéter. Tous ses amis lui disaient qu'il avait fait de moi un garçon manqué et que je n'attirerais jamais aucun homme ! Une fois, j'ai surpris une de ces conversations. Inutile de vous préciser que j'étais furieuse ! Le lendemain, j'ai laissé deux garçons me raccompagner pour prouver que, moi aussi, je pouvais avoir un petit ami si j'en avais envie !

— Et alors ?

Sans même y penser, il avait posé sa main sur la sienne. Le souffle un peu plus court, Karen s'efforça de continuer comme si de rien n'était.

— Eh bien, peu de temps après, mon père a vu débarquer tant de jeunes gens à la maison qu'on aurait pu croire que j'avais mis une petite annonce dans le journal local !

— Et comment faisiez-vous pour éconduire tant de soupirants ?

— Oh ! c'était facile... Quand j'en avais assez d'un garçon, il suffisait que je lui propose une partie de bras de fer.

— Vous plaisantez !

— C'est tout ce qu'il y a de plus vrai, Dirk ! A l'époque, je battais tout le monde au bras de fer ! A seize ans, auriez-vous revu volontiers une fille capable de vous battre à ce jeu-là ?

97

Mais Dirk riait aux éclats. Dire que cette petite femme, qui semblait trop fragile pour pouvoir tenir debout un jour de grand vent, se payait le luxe de vaincre les garçons sur leur terrain favori, le sport !

— Le serveur m'a dit qu'en allant de ce côté, on arrivait au marché aux puces, fit-il en se levant. Connaissez-vous quelqu'un que ça puisse intéresser ?

— J'en vois au moins une ! déclara-t-elle en riant.

— Moi aussi ! Allons-y...

Karen se sentait légère, légère... Comme si ses pieds ne touchaient plus terre ! Pour une fois, Dirk n'était plus le froid dirigeant qu'elle connaissait trop bien, mais un homme qui partageait avec elle un grisant sentiment de liberté, d'évasion... C'était bien ainsi qu'elle avait rêvé de découvrir la France. En se promenant. Il lui sourit et elle eut une brusque envie de l'embrasser, comme ça, au beau milieu de cette rue pleine de passants. Etait-ce l'euphorie due à sa nouvelle robe qui lui donnait des idées aussi saugrenues ? Ou était-ce la proximité de Dirk ?

Ils flânèrent parmi les stands du marché aux puces, s'amusant de tout, achetant mille petits souvenirs d'autant plus précieux qu'ils étaient inutiles. Bientôt, Dirk s'éloigna et la rejoignit presque aussitôt, avec une ravissante ombrelle de dentelle et de satin blanc.

— J'ai pensé que ce serait l'indispensable touche d'élégance pour celle qui va devenir la coqueluche des Parisiens !

— Oh ! Dirk...

L'émotion lui coupait la parole.

Quand ils repartirent vers Paris, toutes les

rancœurs, toutes les tensions qui avaient pu exister entre eux s'étaient évanouies. Aujourd'hui, tout n'était que rire et bonheur, ce qui, pour Karen, ressemblait à l'amour.

— Je me sens tellement bien ici...

— Vous aimeriez y vivre, Halloran ?

— Je ne sais pourquoi j'ai cette impression d'être née pour ce pays. Il me semble que je pourrais y être aussi heureuse que chez moi.

Dirk lui serra un peu plus fort la main en lui souriant tendrement. Pourquoi lui avait-il demandé cela ? Et pourquoi la réponse de Karen semblait-elle l'enchanter ? Pourquoi... oh ! au diable les questions sans réponses !

— Paris... Une ville aux mille facettes, difficile à saisir, volage... Je vous emmène à sa conquête, Halloran. Nous allons marcher le long des quais, pénétrer jusqu'au cœur du vieux Paris, explorer tous ces lieux où les gens savent vivre et aimer bien mieux qu'ailleurs...

Il l'emmena tout d'abord voir Notre-Dame et ils contemplèrent longuement les superbes rosaces, les vitraux et les hautes voûtes de pierre. Il lui apprit que la cathédrale avait été édifiée à l'emplacement d'un ancien temple gallo-romain. Karen était béate d'admiration. Ils flânèrent ensuite dans les rues avoisinantes puis repartirent jusqu'à l'Arc de triomphe en traversant le jardin des Tuileries. A se balader ainsi dans Paris, le temps passait vite et, tout d'un coup, Karen s'aperçut qu'elle avait faim.

— Ne serait-il pas l'heure de faire une petite pause casse-croûte ?

— Un peu de patience, fit-il d'un air mystérieux. Je vous réserve une surprise pour dîner...

— Une surprise ? Mais tout a déjà été si parfait, Dirk ! C'est la journée la plus magnifique de ma vie !

Ils étaient assis sur un vieux banc de bois, dans un petit square. Il se rapprocha d'elle, dessina du pouce le contour de sa bouche et, se penchant soudain, effleura ses lèvres de sa bouche. Elle ressentit le même choc que lors de leur premier baiser. Quelque chose se crispa en elle et son cœur s'arrêta de battre pour reprendre aussitôt à un rythme violent, presque douloureux. Et le monde vacilla... quand il la prit dans ses bras. Oubliant tout, elle se serra contre lui, enlaça sa taille et lui rendit baiser pour baiser...

Deux vieux messieurs en promenade qui traversaient le square jetèrent un regard indifférent à ces amoureux passionnés. Les apercevant, Karen songea très vite que cela n'était possible qu'ici... à Paris !

S'arrachant au charme de ce coin de verdure isolé dans la ville, ils se dirigèrent vers la voiture et, bientôt, ils traversaient la banlieue, retrouvaient la campagne... Karen attendait la surprise promise sans rien demander. Ce ne fut que lorsqu'elle vit apparaître une imposante gentilhommière qu'elle se tourna vers Dirk avec un regard interrogateur.

— Pas de question, Halloran... Ça gâcherait tout !

La voiture garée au bord de la route, ils s'engagèrent à pied sur le chemin de gravier qui menait à l'arrière du bâtiment. Au-delà du jardin, s'étendait un vaste terrain rectangulaire soigneusement débarrassé de toute végétation. Au milieu trônait une superbe montgolfière au ballon peint de fleurs et de papillons aux couleurs très vives. Un homme, debout dans la nacelle, surveillait l'alimentation du ballon en gaz. Il agita la main pour souhaiter la bienvenue aux nouveaux arrivants.

Karen n'en croyait pas ses yeux...

— Oh ! Dirk... Allons-nous vraiment monter en ballon ?

— Seulement si vous en avez envie...

— Si j'en ai envie ? Mais je meurs d'impatience !

Elle lui prit la main et courut vers le ballon. Etienne, le pilote, les fit monter et, sans plus attendre, dénoua les cordages qui retenaient la nacelle au sol. Ils s'élevèrent doucement au-dessus du château et, quand ils furent à la bonne altitude, se laissèrent dériver.

Karen était très étonnée : elle n'avait pas l'impression qu'ils bougeaient... Le calme était fantastique, à cette hauteur. Au-dessous d'eux, la campagne déroulait son tapis vert et brun de champs et de prés où serpentait le ruban d'une rivière. Les paysans levaient les yeux vers eux, leur faisant parfois de grands gestes de la main.

Dirk mit son bras autour des épaules de la jeune fille, et embrassa doucement les petites mèches qui bouclaient sur sa tempe.

— Ce rythme vous convient mieux que l'allure frénétique d'hier, n'est-ce pas ?

Elle frotta sa joue contre sa poitrine, à la manière d'un petit chat.

— C'est le plus beau cadeau qu'on m'ait jamais fait. Merci...

Et se haussant sur la pointe des pieds, elle effleura ses lèvres. A cet instant, il lui sembla soudain que le sol montait à leur rencontre : la descente était amorcée... Ils se posèrent en douceur. Au sol, les assistants du pilote attrapèrent les cordes qu'il leur lançait et immobilisèrent le ballon. L'un d'eux accourut avec une bouteille de champagne et des flûtes et tout le monde trinqua joyeusement pour fêter ce baptême de l'air en montgolfière.

La nuit tombait. Karen et Dirk les quittèrent pour aller dîner. Le propriétaire les attendait sur le perron et, très cérémonieusement, il les conduisit à la salle à manger qui donnait sur les jardins où des cygnes glissaient silencieusement sur l'eau argentée d'un petit étang.

Sur leur table, dressée près de la cheminée où crépitaient des bûches, la flamme des bougies faisait luire doucement cristaux, argenterie et porcelaine. Respectant la tradition, le maître d'hôtel présentait chaque plat d'un ton solennel.

— Matelote d'anguille! annonça-t-il en découvrant les assiettes chaudes avec le panache d'un mousquetaire tirant son épée.

— Qu'est-ce que c'est? chuchota Karen.

— Goûtez d'abord... répondit Dirk en souriant.

— Mmm... Délicieux!

Et elle en reprit avec une gourmandise non dissimulée.

— Et maintenant, puis-je savoir ce que c'est?

Il traduisit le nom du plat et en une seconde, elle passa du ravissement à l'horreur.

— C'est vraiment de... de l'anguille... avec du vin... des oignons?

— Oui, et vous avez trouvé ça bon!

Elle se mit à rire. Il avait raison... Et, quand le maître d'hôtel revint, il ne restait plus rien dans les assiettes.

Suivait une poularde demi-deuil.

— Je n'avalerai plus une bouchée avant d'en connaître la composition exacte! déclara Karen à voix basse. A part le poulet, qu'est-ce qu'il y a là-dedans ?

— Rien que des truffes, fit-il d'un ton de comploteur. Vous allez adorer ça...

Elle le trouva si délicieux que, non contente de dévorer sa part, elle goûta aussi à celle de Dirk.

— Comment faites-vous pour rester si mince, avec un tel appétit ? s'étonna-t-il gentiment.

— Mais c'est tellement bon ! s'écria-t-elle avec une sincérité désarmante. Je crois que je pourrais continuer pendant des heures ! A quoi ai-je droit après ?

Dirk prit le temps d'allumer une cigarette et répondit tranquillement :

— A tout ce qui vous fait envie...

La pensée qui lui vint alors la fit rougir. Ce qui lui faisait vraiment envie ? C'était l'homme qui se trouvait en face d'elle... Elle aurait voulu tout savoir de lui : son enfance, sa famille, ses goûts... Et, puisqu'il lui donnait carte blanche, elle demanda :

— Vous voulez bien me raconter votre jeunesse ?

— Il n'y a pas grand-chose à raconter...

Sa voix était brusquement moins gaie.

— Ce sont plutôt les parents qui racontent ce genre de choses mais, dans mon cas, ils sont mal placés pour le faire.

— Ils sont divorcés... ?

Il eut un petit rire sans joie.

— Vous avez deviné. Très jeune, on m'a souvent confié à ma grand-mère. Une femme un peu misanthrope, un peu originale... Mais elle a été le seul élément solide de ma vie d'enfant.

— Elle vous a élevé ?

— Plus ou moins. En fait, je me suis élevé tout

103

seul, entre les gouvernantes et les bonnes de mes parents, entre ma grand-mère et les différentes pensions où on m'envoyait pour se débarrasser de moi. J'y étais d'ailleurs beaucoup plus tranquille que chez mes parents. Je ne me souviens pas d'avoir passé deux fois de suite mes vacances dans la même maison pendant des années. Heureusement, ma grand-mère était là, le jour où j'ai craqué... Elle m'a montré comment survivre au chaos de mon entourage, elle m'a encouragé à oublier en me jetant dans le travail : il fallait que je consacre toute mon énergie à un projet précis. C'est à cette époque que j'ai commencé à m'intéresser aux ordinateurs. Après tout, si ma vie avait été moins compliquée, je me serais peut-être laissé aller... En m'investissant à fond dans mon travail, il ne me restait plus de temps pour souffrir.

Il sourit, essayant de dissimuler son émotion. Mais Karen, bouleversée, regrettait presque sa curiosité. Elle lui posa pourtant une dernière question :

— Et maintenant, où sont vos parents ?

— Ma mère doit se balader quelque part en Europe, en compagnie de son dernier amant en date. Quant à mon père, il passe son temps à se remarier. Sa femme actuelle est plus jeune que moi... Je les vois aussi peu que possible, conclut-il un peu brusquement.

— Je suis désolée...

Il scruta son regard et elle ne baissa pas les yeux. Elle était décidée à lui parler franchement.

— Je suis désolée parce qu'au début de notre rencontre, je vous en voulais presque de venir d'un milieu riche et cultivé. Je pensais que pour vous, tout avait toujours été trop facile. Je n'avais pas compris que l'argent ne donne pas tout...

Il lui prit la main, la regardant tout à coup avec tendresse.

— Ce n'est pas de votre faute, Halloran. Ne croyez pas que votre réaction me surprenne... Je donne cette impression à tout le monde, depuis toujours.

— Vous ne vous y êtes jamais habitué... ?

— Non. J'ai appris à vivre avec.

Karen se souvint de leur première confrontation. Elle comprenait maintenant qu'il s'attendait alors à ce qu'elle le rejette. C'était pour cela qu'il s'était montré aussi distant. Cette façade de froideur était sa protection...

Le maître d'hôtel les interrompit en leur apportant des fraises à la crème arrosées de vieux marc. Puis on leur servit du café et ils terminèrent avec une nouvelle bouteille de champagne.

— Alors, ça va mieux ? Vous n'avez plus faim ou vous voulez que je commande autre chose ? s'enquit Dirk, moqueur.

— Oh ! Dirk ! A vous entendre, on pourrait croire que j'ai un appétit d'ogresse !

— Si vous êtes une ogresse, Halloran, je n'en ai jamais rencontré de plus adorable... quelle que soit votre voracité ! Cependant, pour sauvegarder les quelques fraises qui me restent, je vais vous demander de faire les frais de la conversation. A votre tour de me raconter votre vie...

— Elle n'a rien d'extraordinaire. Ma mère est morte quand j'avais huit ans. Ce malheur nous a beaucoup rapprochés, mon père et moi. Depuis, nous sommes inséparables. Jusqu'à ce que je vienne travailler à Silicon Valley, nous ne nous

quittions pas d'une semelle. Toujours ensemble
aux champs, au golf, à la pêche... partout !

— Il ne s'est jamais remarié ?

— Je ne crois pas qu'il ait seulement regardé
une femme depuis la mort de ma mère. D'ailleurs, il n'avait besoin de personne d'autre, puisque j'étais là.

Elle avait affirmé cela avec une conviction
apparemment inébranlable.

— Mais enfin... l'amour d'un père pour sa fille
n'a rien à voir avec celui d'un homme pour une
femme ? Cela ne peut pas remplacer...

Il la sentit soudain légèrement crispée.

— Je suppose que cela n'aurait pas suffi à la
plupart des hommes. A mon père, si. Nous
n'avons jamais eu besoin de personne. Papa dit
qu'un Halloran ne doit compter que sur lui-
même et sa propre volonté.

— Et vous le croyez ?

— Absolument.

Dirk se mit à jouer avec le pied de son verre,
fixant les bulles pétillantes du champagne
comme s'il y cherchait l'inspiration pour expri-
mer son désaccord d'une manière qui ne soit pas
trop abrupte. Relevant les yeux, il vit le menton
fièrement relevé de Karen, son air de défi... Et
craignant de gâcher une aussi merveilleuse soirée, il décida de remettre cette discussion à plus
tard.

— Vous êtes prête ?

Elle finit de boire son champagne et constata,
en se levant, qu'elle avait la tête qui tournait un
peu et que c'était plutôt agréable. Dirk la prit par
la main et ils sortirent, non sans avoir félicité le
propriétaire de la finesse de sa table.

Ils retrouvèrent la voiture et, au moment où

Karen s'asseyait, le bracelet d'or qui encerclait sa cheville brilla au clair de lune.

— Pourquoi portez-vous cette chaîne ? lui demanda-t-il. Elle m'intrigue depuis que je vous connais...

— Elle appartenait à ma mère, fit-elle en souriant. Papa me l'a donnée pour mon seizième anniversaire. Il ne savait pas quoi m'acheter mais il voulait m'offrir quelque chose qui compte... Je ne l'ai jamais quittée depuis.

Dirk mit le moteur en marche et, avant de démarrer, déclara gentiment :

— Très sexy, Halloran. Votre père a bon goût.

— C'était le plus beau jour de ma vie, Dirk...

Ils étaient devant la porte de sa chambre et elle levait son visage vers lui avec un sourire rêveur. Il lui prit le menton et frôla ses lèvres de sa bouche.

— La journée n'est pas finie...

La repoussant contre la porte, Dirk enfouit son visage dans la masse sombre de ses cheveux. Et glissant un bras autour de sa taille, il la serra contre lui. Sa main trouva tout de suite la poignée, il ouvrit, souleva Karen comme si elle avait été une plume et la porta à l'intérieur.

— Laissez-moi...

— Très bien.

Il la déposa sur le lit et s'allongea près d'elle.

— Dirk...

Elle ne put en dire plus. Déjà, la bouche de Dirk — brûlante, exigeante, éveillant son désir — était sur la sienne. Bientôt, ce fut comme s'ils étaient emportés par une tempête. Il la plaquait contre lui, très fort, à la faire presque crier.

Et pourtant, pour lui, ce n'était pas assez.

Dégageant l'épaule de Karen du volant de dentelle blanche, il la couvrit de baisers brûlants, allumant des incendies partout où sa bouche se posait.

— Karen... Karen ! J'ai tellement envie de vous... Je vous veux...

Sa voix n'était plus qu'un murmure rauque contre sa peau. Un frisson de plaisir la secoua. C'était la première fois qu'il l'appelait par son prénom...

Elle n'avait encore jamais eu à maîtriser ses élans de passion car aucun homme ne lui avait donné envie de bousculer le code moral qu'elle s'était fixé. Mais soudain, tout ce à quoi elle avait cru lui paraissait dépassé et sans importance. Etait-ce le champagne ? Il serait si facile de tout oublier dans ses bras... Elle avait toujours pensé qu'il fallait qu'elle se garde pour un homme, celui qui l'aimerait et qu'elle aimerait. Elle tenta d'imposer le silence à la petite voix de la raison qui parlait en elle. En vain.

— Dirk... Je vous en prie... Moi aussi, je vous veux mais... pas comme ça. Je crois que...

— Karen, pourquoi réfléchir tout le temps ? Ne pensez plus à rien... Ne dites rien. Laissez-moi faire... Maintenant.

Ses lèvres descendirent, langoureuses, sur la gorge de Karen. Il repoussa la dentelle qui lui barrait le passage et sa bouche continua son parcours inexorablement, goûtant la douceur de ses seins. Karen gémit... Il déchaînait en elle une vague de plaisir incontrôlable. Elle se mit à bouger contre son corps, incapable de brider le déferlement de passion qui l'emportait. Ses lèvres, ses doigts, sa moustache la portaient à un point d'excitation qu'elle n'avait jamais atteint.

La voix de la raison aurait pu hurler qu'elle ne l'aurait plus entendue, tant elle ne cherchait qu'à satisfaire l'instinct qui la poussait à onduler contre lui.

Dirk ôta rapidement sa chemise et elle glissa les mains dans la toison sombre qui recouvrait sa poitrine. Et c'était bon... Ses doigts, comme animés d'une volonté propre, caressaient fébrilement le torse puissant... Avec un soupir impatient, il l'attira encore plus près.

Elle fit une dernière tentative pour se raisonner :

— Dirk, je vous en prie, comprenez... C'est la première fois... Vous... vous êtes le premier...

Il se redressa un peu et plongea un regard brillant de passion dans ses yeux :

— Je m'en doutais. Non, je le savais, corrigeat-il d'une voix voilée par l'émotion. Je ne veux pas vous bousculer... Comprenez, vous aussi... J'ai tellement envie de vous que je ne crois pas pouvoir m'arrêter... Pas maintenant !

Elle prit une profonde inspiration et il la sentit frissonner longuement.

— Je vous veux aussi, Dirk... mais j'ai toujours souhaité que ça se passe autrement. C'est si important pour moi...

Il se raidit.

— Et vous croyez au mariage, au bonheur éternel et à toutes ces balivernes, fit-il d'un ton coupant comme un rasoir.

Elle détourna la tête. Il ne fallait pas qu'il la voie pleurer... Mais il lui saisit brutalement le menton et la força à le regarder droit dans les yeux. Quand il vit les larmes qu'elle essayait vaillamment de retenir, il se radoucit.

— Ne pleurez pas, petite Karen. Je ne pourrais

pas le supporter. Je vais vous laisser. Et nous ferons comme s'il ne s'était rien passé...

Il effleura très tendrement ses lèvres, ramassa sa chemise et sortit rapidement.

Elle enfouit son visage dans l'oreiller...

Chapitre huit

— Halloran, nous n'avons plus qu'une heure pour aller à Roissy ! L'avion part à midi !

Jusqu'au petit matin, Karen l'avait entendu arpenter fébrilement le balcon et sa chambre... Et maintenant, il avait cette voix rauque, un peu enrouée, des gens qui ont passé la nuit à boire. Il avait dû simplement prendre froid sur le balcon...

— Je fais mon possible, Dirk ! Mais je n'arrive pas à tout faire entrer dans mes bagages !

Deux secondes plus tard, il arrivait avec un carton et de la ficelle.

— Terminez votre valise. Je m'occupe du reste.

Il saisit le sac bourré à craquer que Karen essayait vainement de tasser et jeta un coup d'œil à son contenu.

— Qu'est-ce que c'est que ça ? Vous pouvez m'expliquer d'où sort tout ce bric-à-brac ?

— Du bric-à-brac, ça ? Il se trouve que cette charmante antiquité que vous tenez d'un air dégoûté est une écritoire du dix-neuvième, décorée à la main ! Je l'ai remarquée dans le salon et, comme elle me plaisait beaucoup, Mme Dumas a insisté pour me l'offrir !

Il farfouilla dans le sac.

111

— Et ça ?

— C'est un vieux pot à épices en terre cuite. M. Dumas s'en servait pour mettre des fleurs. Il a tenu à me le donner en souvenir.

Dirk fit une petite grimace.

— Je ne pouvais pas refuser ! Ça l'aurait vexé...

— Loin de moi cette pensée ! Et il ne vous a pas offert une mule en prime pour trimbaler tout ça jusqu'à l'aéroport ?

— Oh ! Dirk... Pourquoi en faire un drame ? Nous allons nous débrouiller pour transporter ces petits cadeaux, j'en suis sûre !

— Non, Halloran. Pas « on ». Vous... allez vous débrouiller ! Si vous voulez ramener ce fouillis, vous le porterez vous-même. Moi, je me contente de l'emballer et c'est déjà beaucoup !

— Très bien.

Elle lui tourna le dos d'un air digne et continua à faire sa valise.

Jean-Paul ne tarda pas à arriver. Ils le laissèrent se débattre avec leurs bagages pendant qu'ils cherchaient leurs hôtes pour les remercier.

Mme Dumas serra Karen sur son ample poitrine et murmura dans un anglais approximatif :

— Vous faites partie de la famille, mon petit. Et quand vous reviendrez en France, sachez que vous êtes ici chez vous. Car vous reviendrez, n'est-ce pas ?

— Je l'espère ! dit Karen en l'embrassant affectueusement sur les deux joues.

Très ému, M. Dumas la serra dans ses bras, après avoir respectueusement enlevé son chapeau de jardinier. Dirk regardait la scène en silence.

— Quel dommage que vous n'ayez pas pu voir

Paris... murmura Jean-Paul quand la voiture eut démarré.

Elle réprima un sourire... S'il avait su !

A l'aéroport, elle eut fort à faire pour transporter tous ses trésors qu'elle refusait absolument de laisser embarquer dans la soute à bagages, de peur de les retrouver en miettes à l'arrivée. Dirk la laissa d'abord se débattre toute seule avec ses paquets, puis il n'y tint plus.

— Donnez-moi ça.

— Je n'ai besoin de personne, je vous l'ai dit !

— Pas de scandale, Halloran ! Contentez-vous de me passer ce sac de cochonneries et taisez-vous !

— Ce ne sont pas des cochonneries !

— Bien sûr que non. Un vieil écritoire qui tombe en morceaux et un pot en terre tout ébréché... Où ai-je la tête pour oser traiter ainsi d'aussi précieuses reliques !

L'annonce de l'embarquement les interrompit, mais il garda son air querelleur et, lorsque l'avion eut atteint son altitude de croisière, il déboucla sa ceinture de sécurité et se pencha vers Karen.

— La nuit dernière, j'ai eu tout le temps de réfléchir, Halloran. Et je sais où se situe le problème, chez vous.

— Parce que j'ai un problème ?

Dirk alluma tranquillement une cigarette.

— Oui. Je l'ai compris à votre crainte de vous abandonner, hier. Pourtant vous en aviez autant envie que moi.

— Dirk, s'indigna-t-elle à mi-voix, je croyais que nous devions tout oublier de ce qui s'est passé hier soir...

— Oui, c'est ce que je vous ai dit. Mais j'ai changé d'avis. Il vaut mieux en parler, pour votre

113

bien. Votre problème, c'est la relation totalement irrationnelle que vous entretenez avec votre père.

— Irrationnelle ?

— Inutile de hurler...

Il se pencha de nouveau vers elle et respira son parfum. Le désir l'envahissait, comme chaque fois qu'il l'approchait.

— Vous l'avez placé sur un piédestal, Halloran. Le père parfait. Celui qui n'a jamais plus regardé une femme depuis que l'amour de sa vie a disparu. Vous lui avez donné une dimension presque surnaturelle. Et aucun homme ne peut espérer se mesurer à lui, je l'ai appris à mes dépens. A vos yeux, il sera toujours le plus grand...

— C'est ridicule !

— En êtes-vous si sûre ?

Il tira une longue bouffée de sa cigarette et se rejeta en arrière, laissant ses paroles imprégner l'esprit de la jeune femme.

— Je vois où vous voulez en venir... Vous pensez que, parce que je le considère comme un héros invincible, je suis incapable d'avoir une relation avec un homme, en l'occurrence vous ? C'est bien ça ?

Il eut un sourire malicieux.

— Vous êtes décidément très brillante. Vous avez tout de suite saisi !

— Ce n'était pas si compliqué... Dirk, vous me dégoûtez. Evidemment, il ne vous serait pas venu à l'esprit qu'une aventure sans lendemain, sans amour ni fidélité puisse me paraître peu satisfaisante ! Pourquoi devrais-je me contenter d'une demi-mesure si je peux trouver un homme qui m'épouse et m'aime pour la vie entière ?

114

— Oh ! Halloran... Vous vous exposez à bien des désillusions...

Elle croisa son regard. Cette fois, il ne plaisantait plus.

— Vous n'imaginez pas le nombre de jeunes filles aussi idéalistes que vous qui, s'étant gardées intactes pour l'homme de leur vie, divorcent deux ou trois ans après leur mariage ? A quoi ont servi leurs grands principes ? Elles ont été dupes, tout simplement.

— Votre cynisme me fatigue, Dirk. Après ce que vous m'avez dit sur vos parents, je vois bien d'où viennent vos doutes sur l'amour et le mariage. C'est compréhensible... Mais vous êtes tellement certain que toute relation suivie aboutit à l'échec que vous ne consentez même plus à essayer ! Pour vous, il faut juste saisir le plaisir quand il vient, comme si l'occasion ne devait jamais se représenter, comme si on devait mourir demain. Je me trompe ?

Il écrasa sa cigarette un peu trop vivement.

— Merci pour ce cours de psychologie, professeur Halloran.

— Je n'ai fait que vous rendre la monnaie de votre pièce, Dirk. Vous êtes très fort pour donner des leçons mais quand il s'agit d'en recevoir...

— Ça va, Halloran. Laissez tomber. N'en parlons plus.

— Entendu.

Avait-elle vraiment comparé tous les garçons qu'elle avait connus à Paddy ? Si elle avait rompu ses fiançailles avec Joe, c'était pour une tout autre raison. Il n'y avait pas cette attirance un peu magique entre eux... Le seul lien, justement, qui existait entre Dirk et elle. Cette alchimie inexplicable. Comment aurait-elle pu comprendre le pourquoi de cette force qui la poussait vers lui ? Est-ce qu'elle l'aimait ? Etait-ce vraiment ça, l'amour, ce casse-tête permanent, cette souffrance qui vous ravageait ? Ou bien était-ce marcher sur des nuages, nager dans un océan de bonheur, comme elle l'avait toujours cru ? Oh ! pourquoi fallait-il qu'elle désire un homme qui pensait à tout sauf au mariage alors qu'elle aurait pu rencontrer un gentil garçon, prêt à passer le reste de ses jours avec elle ? Pour Dirk, le mariage n'était qu'un piège, la pire des tromperies...

Hier... hier, elle avait cru l'aimer. Quoi qu'il en soit, il ne fallait pas qu'il découvre combien elle tenait à lui. Jamais. Leurs rapports devaient se limiter au domaine strictement professionnel. Elle lui jeta un bref coup d'œil. Il travaillait...

Dirk essayait de se concentrer mais les mots se brouillaient devant ses yeux. Il ne voyait qu'une somptueuse masse de cheveux auburn répandus sur l'oreiller, des yeux si clairs qu'il aurait voulu s'y noyer et des lèvres... des lèvres dont le souvenir ne lui laissait aucun répit.

Pendant le voyage, ils abattirent tous deux une somme monstrueuse de travail. Comme s'ils avaient trouvé là le seul moyen de contenir le trop-plein de leurs sentiments.

En entrant chez elle, Karen se sentit morte de fatigue. Le voyage et tant d'émotions, après tout, c'était normal. Dirk l'aida à monter ses bagages et elle s'effondra sur le premier fauteuil venu. A la voir ainsi, recroquevillée sur les coussins, il se fit horreur. C'était lui qui avait tenu à faire de ce séjour un marathon de travail. Il était allé trop loin, lui demandant toujours plus, sans aucune pitié. Habituellement, il se souciait fort peu de ses collaborateurs — et des autres en général. Mais avec Karen, c'était différent. Il avait toujours envie de la protéger, en réalité. Et l'ironie du sort voulait qu'elle soit la personne la plus indépendante, la moins susceptible de demander une protection qu'il ait jamais rencontrée ! Il aurait tant aimé la prendre dans ses bras, la cajoler, lui donner tout le repos imaginable pour qu'elle se remette... Au lieu de cela, il ne put s'empêcher de prononcer :

— Bonne nuit, Halloran. A demain matin.

Karen appela immédiatement son père et, au lieu des récriminations auxquelles elle s'attendait, elle eut la surprise d'entendre une voix enjouée qui lui parlait des bons repas qu'on lui préparait, de ses étonnantes facultés de récupération et de ce charmant docteur qui le déclarait presque guéri...

Quand elle eut raccroché, elle se dit que, décidément, elle ne comprenait plus rien à rien. Ça n'était pas du tout le genre de Paddy de parler ainsi. N'essayait-il pas de lui cacher ses problèmes en affichant une gaieté forcée ? Il faudrait qu'elle aille le voir ce week-end...

La semaine ne fut qu'une longue séance de travail. Dirk n'avait plus qu'une idée en tête : convaincre le conseil d'administration d'intégrer cette entreprise française.

— Halloran ? Dans mon bureau, immédiatement !

Et c'était tous les jours comme ça. Il ne savait plus parler, il aboyait.

— Je veux que vous revoyiez tous les dossiers

qui concernent cette firme française et que vous mettiez la touche finale à ce projet.

— Pourquoi moi ?

— Parce que vous avez assisté à toutes les discussions sur le terrain. Le conseil d'administration se réunit vendredi pour prendre la décision. Tout d'abord, le service juridique va présenter ses arguments. Il y aura du pour et beaucoup de contre, j'en ai peur... J'ai préparé des réponses à toutes les objections qu'ils pourraient formuler mais, si j'avais omis un élément, j'entends que vous en preniez note pendant qu'ils parleront pour que j'aie le temps de me retourner et de préparer ma défense avant de prendre la parole à mon tour.

Elle le regarda attentivement, remarquant que de larges cernes soulignaient ses yeux.

— Pourquoi tenez-vous tellement à cette intégration ?

Il haussa les épaules.

— Je pense que la CI peut en tirer un grand bénéfice, c'est tout. Tenez, prenez ça et soulignez tous les passages où l'argumentation vous paraîtra faible.

Elle n'était pas encore sortie qu'il était déjà replongé dans son travail. Karen avait l'impression qu'il l'avait définitivement chassée de son esprit.

— Et comme les Français comptent envahir le marché avec leurs terminaux à bas prix, il me semble que nous ne pourrions que profiter de cette intégration, appuyait Dirk, qui arrivait à la fin de son argumentation.

Depuis le début de la conférence qui réunissait le conseil d'administration, les conseillers juridiques et Dirk, Karen n'avait cessé de prendre des notes, qu'elle lui faisait passer au fùr et à mesure, pour qu'il soit à même de répliquer le mieux possible à ceux qui étaient opposés au projet. Elle avait particulièrement insisté sur un point qui lui semblait essentiel. Dirk avait étudié ses notes quelques minutes puis il s'était lancé.

— Outre les profits financiers, nous avons là une occasion de démontrer la qualité de notre technique si nous l'associons à celle des Français. Bien sûr, les modalités de l'intégration resteront à définir par notre service juridique car nous devons pouvoir conserver un droit de veto sur les décisions prises en France, étant donné que nous apportons une partie importante du capital dans cette affaire.

Un silence tendu suivit sa dernière phrase. Enfin, une question fusa, puis une autre... Quand le moment du vote arriva, l'unanimité s'était faite : la société française serait intégrée.

Quand il sortit, Dirk était aux anges.

— Halloran, vous avez été formidable ! Grâce à vos notes, j'ai pu rattraper un ou deux points délicats qui m'ont permis de mettre tous ces messieurs dans ma poche. Pour fêter ça, je vous accorde le reste de la journée !

— Merveilleux ! Depuis le début de la semaine, je n'ai pas pu trouver le temps d'aller voir mon père. Il a eu une attaque il y a trois mois et il vient juste de quitter l'hôpital...

— Ah... Ecoutez, je dois me rendre du côté de Monterey ce soir. Voulez-vous que je vous dépose chez votre père ?

Karen hésita un instant.

— D'accord ! Laissez-moi une heure pour me changer.

Dirk semblait très en forme. La Porsche filait le long de la côte, avalant les kilomètres et Karen regardait défiler le paysage, ravie à l'idée de retrouver la maison familiale, sa chambre de jeune fille... et son père enfin rentré chez lui. Elle se demanda tout à coup ce que Paddy penserait de Dirk. Aucune importance, d'ailleurs. Il n'était que son patron, et il le resterait. Dès que la semaine de travail était achevée, ils n'avaient plus rien en commun...

Ils avaient quitté la côte et approchaient de la propriété. Dirk remarqua que le regard de Karen était plus vif, plus brillant... Ils croisèrent un petit stand de vente en plein air où une jeune fille proposait des avocats.

— Vous en avez vendu aussi, comme ça ?

— Bien sûr ! Chaque ferme a son stand. Paddy me donnait en général la moitié des ventes.

— Paddy ?

— Mon père. C'est comme ça que je l'appelle quand je suis en colère ou plongée dans de vieux souvenirs... ou tout simplement attendrie !

— Ne me dites pas qu'il vous arrive de vous attendrir, Halloran ?

La voyant froncer les sourcils, il changea rapidement de sujet.

— Je n'ai jamais pensé à vous poser la question... dites-moi, vous aimez les avocats, au moins ?

— Je serais déshéritée si je ne les aimais pas ! répliqua-t-elle en riant, secouant ses boucles rousses. Voulez-vous une recette pour les accommoder ? J'en ai cinquante à votre disposition !

Une belle ferme blanche, entièrement de plain-pied, apparut. Dirk donna quelques coups de klaxon et arrêta la voiture devant l'entrée principale.

— Karen !

Patrick Halloran descendait les escaliers quatre à quatre.

— Karen ! Tu ne m'avais pas prévenu !

— Je voulais te faire la surprise, Paddy ! Mais tu as une mine superbe !

— Je ne te mentais pas au téléphone ! Je suis très en forme, tu sais. Mais... qui est... ?

— Papa, je te présente mon patron, Dirk Carlson...

Les deux hommes échangèrent une poignée de main, s'observant mutuellement sans en avoir l'air. A cet instant, une dame d'une cinquantaine d'années, blonde et souriante, les rejoignit.

— Maggie ! s'écria Karen. Voici mon patron, Dirk Carlson.

— Maggie Cole. Enchantée... Eh bien ! Que pensez-vous de votre père ? Ne paraît-il pas dix ans de moins ?

— Vingt, Maggie ! Je ne sais pas comment vous avez fait ce miracle... Je ne l'avais pas vu dans une forme pareille depuis longtemps !

Maggie se tourna vers Dirk.

— Vous dînez avec nous, n'est-ce pas ? J'ai préparé un ragoût, il y en aura pour tout le monde !

Karen dissimula une petite moue de dépit. Elle aurait préféré que Dirk s'en aille le plus vite possible pour avoir son père à elle toute seule, mais déjà Dirk remerciait :

— Vous êtes trop aimable de m'inviter, Maggie ! J'accepte avec plaisir !

Patrick Halloran enlaça les épaules de sa fille

et l'entraîna dans la maison. Sur le seuil, il lui précisa :

— Karen, il va falloir t'installer dans la chambre d'ami.

— Pourquoi ?

Il s'éclaircit la gorge.

— Eh bien... Maggie utilise ta chambre de jeune fille. Je voulais qu'elle soit le plus près possible de moi... C'est plus commode quand j'ai besoin de quelque chose la nuit...

Dissimulant sa déception, Karen le planta là, courut chercher son sac dans la voiture et ne put voir le regard qu'il échangeait avec Maggie.

— Ce ragoût était excellent, Maggie ! déclara Dirk. Patrick est un homme heureux avec un cordon-bleu comme vous aux fourneaux...

— Oh ! Elle n'est pas douée que pour la cuisine ! fit Patrick avec un clin d'œil malicieux en direction de son infirmière.

Karen les observait sans rien dire.

— Combien de temps comptes-tu rester, ma chérie ? reprit Paddy.

— Jusqu'à dimanche. Dirk reviendra me chercher... Mais je ne dérange pas tes projets, au moins ?

— Voyons, Karen ! Qu'est-ce que tu dis là ! Simplement... Maggie et moi avons invité des amis demain soir. Pour une partie de cartes... J'espère que tu ne t'ennuieras pas ?

— Jamais de la vie ! J'ai toujours adoré tes vieux copains. Qui vient demain ? Jed et Lander ? Terry ?

— Oh non ! fit son père en riant. Pas moyen de leur apprendre autre chose que le poker ! Nous avons invité nos nouveaux voisins, ceux qui ont acheté la ferme des Adams. Un jeune couple très sympathique. Ils sont déjà venus dîner deux fois.

Maggie, qui arrivait avec une tarte aux pommes encore tiède, se mit à raconter à Patrick une anecdote au sujet de leurs voisins. Très raide, Karen les regardait rire ensemble comme deux gamins... ou plutôt — elle y songea tout à coup — comme deux amants...

Dirk l'observait d'un air bizarre. Trahissait-elle ce qu'elle ressentait ? Terminant rapidement son dessert, elle quitta la table sous un prétexte quelconque. Cinq minutes plus tard, Dirk ayant pris congé de ses hôtes, la rejoignait.

— Il va falloir que je parte, Halloran.

— Je vous accompagne jusqu'à la voiture...

L'obscurité descendait doucement. C'était l'heure tranquille, dite entre chien et loup, où la nature se prépare à la nuit.

— Vous aviez raison, Karen. Votre père est un type formidable ! Et Maggie, une femme charmante.

Il lui prit la main : elle était glacée. Dirk ressentait son anxiété et son chagrin, comme s'ils avaient été les siens.

— Halloran, vous cherchiez quelqu'un pour s'occuper de lui. Vous ne pouvez pas dire qu'elle ne fait pas l'affaire... Il a vraiment l'air d'aller merveilleusement bien.

— Oh ! ça... Il pourrait servir de publicité à ses talents d'infirmière !

Il lui prit le menton. Elle avait un regard apeuré.

— Vous auriez préféré le trouver faible et malheureux... ?

— Bien sûr que non.

— Alors, souriez, Halloran. Au moins pour lui.

Il effleura tendrement ses lèvres et s'écarta rapidement, pour conjurer le désir qui montait en lui.

— A dimanche soir...

Elle resta longtemps immobile, regardant la voiture s'éloigner. Quand elle rentra, Paddy aidait Maggie à charger la machine à laver. Ils riaient d'une plaisanterie qu'ils semblaient les seuls à pouvoir comprendre...

Karen se sentit plus seule que jamais... Elle s'excusa, prétextant la fatigue accumulée pendant la semaine et se retira très vite. Passant devant son ancienne chambre sans s'y arrêter, elle se réfugia dans la chambre d'ami — celle où elle devrait dormir dorénavant...

Chapitre neuf

Le bruit d'un moteur... Ce devait être Dirk. Le trio se dirigea vers l'entrée pour l'accueillir. Il avait fait vraiment chaud pour la saison et Karen, bronzée par ces deux jours au soleil, avait retrouvé sa tenue de week-end : un vieux short, un tee-shirt imprimé de beaucoup d'avocats parmi quelques fruits exotiques, et des baskets tellement usées qu'on se demandait par quel miracle ils tenaient encore à ses pieds. C'était si bon de se laisser un peu aller...

Dirk descendit de voiture et serra la main de Patrick mais, cette fois, leur poignée de main fut accompagnée de part et d'autre d'un large sourire.

— Karen m'a parlé de votre réussite dans cette affaire d'intégration. Elle vous décrit comme un bourreau de travail !

— Vous a-t-elle précisé que, sans son aide, je n'aurais jamais convaincu le conseil d'administration ? Elle m'a été précieuse.

— Je crois qu'elle a oublié de mentionner ce détail, fit Patrick en riant. Heureusement que vous êtes là pour remettre les choses au point !

Karen rougit et jeta son léger bagage sur le siège arrière.

— Nous ferions mieux d'y aller, Dirk. Le trajet est long...

Maggie la serra contre son cœur.

— Ne vous inquiétez pas pour votre père, ma chérie. Je vous promets de bien m'en occuper.

Après une seconde d'hésitation, Karen l'embrassa avant de disparaître dans les bras puissants de Patrick.

— Est-ce que tu ne travailles pas trop en ce moment, mon petit ? Pense à prendre un peu de bon temps...

— Ne vous faites pas de souci pour moi, Paddy Halloran ! Occupe-toi plutôt de suivre les ordres du docteur ! A bientôt, papa, ajouta-t-elle avec plus de douceur.

Elle se retourna pour faire un dernier signe d'adieu par la vitre. Son père tenait Maggie par les épaules... Elle détourna aussitôt les yeux et s'absorba dans la contemplation de ce paysage qu'elle connaissait par cœur.

Dirk avait surpris la scène dans son rétroviseur.

— Vous êtes bien silencieuse, Halloran ? Ça s'est bien passé ?

— Oh oui...

— Après deux jours de repas préparés par Maggie, j'espérais vous retrouver un peu plus ronde. Et vous me paraissez encore plus mince, si c'est possible...

Gênée, elle ne répondit pas.

— J'adore votre costume, Halloran. Il me donne l'impression de me livrer au détournement de mineure... Ho ! Ho ! Pas de réaction ? Ça devient sérieux si je n'arrive même plus à vous mettre en colère ! Allons... fit-il gentiment en

126

caressant ses mèches rousses. Dites-moi ce qui ne va pas.

Et il arrêta la voiture.

— Mais tout va bien, Dirk ! Pourquoi cette halte ? J'ai laissé des tas de choses en train à la maison, tout ça pour ce voyage qui n'a servi à rien... J'aimerais bien rentrer le plus vite possible.

— Que veut dire ce « qui n'a servi à rien » ? Racontez à papa...

— Vous n'êtes pas mon père et il n'y a rien à raconter ! Allez-vous me ramener chez moi, oui ou non ?

— Il va vraiment falloir faire quelque chose pour dompter ce mauvais caractère, fit-il en riant. Mais vous avez raison au moins sur un point : je ne suis certainement pas votre père !

Il l'attira souplement contre lui et écrasa sa bouche sur la sienne. Furieuse, elle tenta de se débattre mais sa résistance ne fit que l'enflammer un peu plus et il l'enferma dans le cercle d'acier de ses bras.

— Vous feriez aussi bien de vous calmer et d'en profiter parce que j'ai la ferme intention de vous embrasser, avec ou sans votre permission !

Elle essayait désespérément de rester passive mais, bientôt, elle n'y parvint plus. Alors, Dirk relâcha un peu son étreinte et sa bouche se fit plus douce. Du bout de la langue, il dessina le contour de ses lèvres et il perçut le petit sursaut que sa caresse provoquait... Instinctivement, Karen lui caressa la poitrine et elle sentit la chaleur de sa peau à travers le léger tissu de sa chemise. Il lui mordillait les lèvres. Elle s'abandonna, invitant sa langue à aller plus loin. Cet homme l'embrasait toute. Sans même y penser, elle souleva sa chemise pour toucher sa peau nue. Il couvrait son visage brûlant de tendres petits baisers... On aurait dit une gamine et, pourtant, elle était si femme, se consumant de désir dès qu'il la touchait. S'il avait assez de patience, s'il savait la prendre en douceur...

— Vous avez le choix, déclara-t-il soudain. On va chez moi ou on s'arrête quelque part pour dîner !

Karen resta tout d'abord interloquée d'une telle proposition, puis elle éclata de rire :

— Je meurs de faim ! Arrêtons-nous.

— Flatteur pour mon sex-appeal... protesta-t-il d'un air faussement furieux. Enfin, allons dîner. Vous l'aurez voulu !

Sur un dernier baiser, il remit la Porsche en route. Ils s'arrêtèrent dans un restaurant de la côte et elle commanda un énorme steak.

— Comment pouvez-vous être aussi affamée après avoir été nourrie par Maggie ? s'étonna Dirk en riant.

— Je n'avais pas très faim pendant ces deux jours... Ça n'est pas la faute de Maggie ! Elle cuisine très bien, mais...

— Mais vous ne l'aimez pas.

— Vous vous trompez, je l'aime beaucoup !

— Admettons. Alors, vous n'aimez pas qu'elle vive chez votre père...

Elle rougit et il lui caressa doucement la main.

— C'est très dur de voir son héros redevenu simple mortel ?

Karen retira vivement sa main.

— Halloran, c'est un homme comme les autres ! Il a le droit de partager sa vie avec une femme !

128

— Je n'ai jamais dit le contraire. Vous faites toute une histoire avec rien du tout...

— Voyons, cessez de vous cacher la tête dans le sable. Vous êtes bouleversée et vous refusez de l'admettre. Parlez-moi, ça ira mieux après...

— Ça va vous paraître idiot.

— Je vous promets solennellement de ne pas rire !

— Eh bien... Maggie avait déjà pris ma chambre et j'ai vraiment eu l'impression qu'elle prenait aussi ma place dans la vie de Paddy. Ils plaisantent ensemble comme deux enfants, ils voient des gens que je ne connais pas, qui ne sont ni les anciens amis de Paddy ni les miens. Je me sens à l'écart...

— Je comprends très bien ce que vous éprouvez. Après leur divorce, mes parents passaient leur temps à tomber amoureux et je voyais bien que je ne comptais plus. Mais, avec Paddy, c'est différent, il faut que vous le compreniez. Il a parfaitement le droit d'aimer Maggie. Ça leur est bénéfique à tous deux. Et même si, pour vous, c'est douloureux sur le moment, ça vous fera du bien aussi. Réfléchissez, Karen, vous allez être libre de vivre votre vie sans vous sentir coupable d'abandonner Paddy...

Elle lui lança un regard furieux.

— Nous voilà revenus au point de départ, n'est-ce pas ? Quand allez-vous vous mettre dans la tête que j'ai toujours été libre de vivre comme je l'entendais ? Toujours !

— Vraiment ?

— Vraiment !

Elle se leva. La discussion était close. Dirk paya l'addition et la suivit.

Karen avançait comme un automate. Encore une nuit sans sommeil... Il lui semblait qu'elle n'était plus qu'une marionnette dont Dirk tirait les ficelles : heureuse quand il était heureux, triste quand il s'assombrissait...

Dès qu'elle entra dans son bureau, il lui tendit un énorme dossier.

— Ah ! Halloran ! Content de vous voir arriver ! Jetez-moi un coup d'œil sur ces rapports et faites-moi un résumé cohérent. Je n'ai pas le temps de tout lire avant de partir.

— Vous partez ? Pour où ?

— Paris. L'avion décolle à midi.

— Ce n'était pas prévu... Dois-je vous accompagner ?

— Non, pas cette fois. Je pars avec Johnson et Davies. Ils vont vérifier si le matériel français est compatible avec le nôtre... Je ne sais pas quand je rentrerai. Rapidement, j'espère.

Il aurait tant voulu l'emmener, l'avoir en permanence à ses côtés... Il avait besoin d'elle, mais il voulait aussi lui laisser le temps de s'habituer à toutes les nouveautés qui bousculaient sa vie, avant de lui proposer...

Dirk se réveilla en sueur. Une sueur glacée. Le cauchemar était revenu... Karen était sur un petit radeau et le courant l'emportait, loin vers la mer, sans qu'il puisse faire quoi que ce soit. Impuissant, il restait sur la plage, il l'entendait crier son nom puis il la voyait disparaître...

Il devait être une heure du matin en ce moment, en Californie. Il n'avait pas le droit de la déranger... mais il avait tellement besoin d'entendre sa voix. Rien qu'une minute, pour se rassurer. Ensuite, elle se rendormirait.

Sans même prendre le temps d'allumer, il décrocha et demanda les appels internationaux... Soudain une sonnerie, puis deux... puis trois. Il essuya son front moite.

— Allô ?

— Halloran ?

— Dirk ? Dirk... Ça ne va pas ?

— Non. Enfin si ! Je... je voulais simplement vous parler. Tout va bien en Californie ?

— Oui... Il est minuit passé. Je dormais...

Il se demanda ce qu'elle portait pour dormir. Lorsqu'il l'avait vue dans ce déshabillé ivoire, il avait eu l'impression qu'elle était nue sous la soie... Il sourit dans le noir.

— Je sais... Désolé de vous avoir réveillée. Je m'inquiétais... Je voulais être sûr que tout allait bien.

— Et comment va Paris ?

— Très mal. J'y suis tout seul...

— Où êtes-vous descendu ?

— A la même auberge. La pièce à côté est vide sans vous.

— Tant mieux ! J'aurais détesté que quelqu'un y soit installé à ma place !

— Johnson et Davies sont dans un hôtel proche de l'usine. Cette chambre était beaucoup trop jolie pour eux ! assura-t-il en riant. Halloran... vous me manquez.

— Vous... vous me manquez aussi, Dirk.

Il ferma les yeux et respira profondément.

— Je vous aime, Halloran.

Et voilà. Il avait si longtemps cherché à se le cacher et maintenant, c'était dit. Une simple phrase qui mettait son cœur à nu.

Il entendit comme un sanglot à l'autre bout du fil.

131

— Oh Dirk ! Pourquoi avez-vous tant tardé ? Je vous aime !

— Rendormez-vous.

— Vous êtes fou ? Je ne pourrai pas fermer l'œil après ce que vous venez de me dire !

— Il le faut. Demain, vous devez être en forme pour aller travailler. Bonne nuit, Halloran. Je vous aime.

— Je vous aime, Dirk. Bonne nuit.

— Il y a plusieurs jours qu'on vous voit avec ce sourire illuminé... Que se passe-t-il, Karen ? On vous a augmentée ?

— Non. C'est une journée magnifique, Martha, c'est tout !

— Magnifique ? Vous avez de ces mots... On travaille comme des fous ! Je ne sais pas quelle pilule vous prenez pour voir la vie en rose, mais la pauvre secrétaire que je suis aimerait bien la connaître !

Karen sourit. Encore un jour ou deux et Dirk serait de retour...

Dirk poussa un juron et se remit à arpenter la pièce comme un lion en cage. Il ne se décidait pas à appeler Karen et pourtant, il y avait plusieurs heures qu'il connaissait la décision du P.-D.G. de la CI.

Pourquoi n'était-elle pas avec lui ? Il ne supportait pas de la savoir à des milliers de kilomètres de lui. Elle avait complètement envahi sa vie et il avait horreur de ça. Il en devenait fou, il n'arrivait même plus à travailler.

Il lui téléphonait souvent et cela ne faisait qu'aggraver les choses. Il lui suffisait d'entendre sa voix pour l'imaginer près de lui, chaude et vibrante, lui rendant ses caresses... Il se la rappelait abandonnée, le soir où elle s'était endormie dans son fauteuil. Il se revoyait la portant sur son lit... S'il l'avait éveillée à ce moment-là, elle aurait sûrement cédé, trop déconcertée pour résister. Mais il n'avait pas voulu que cela se passe ainsi. Il préférait attendre qu'elle se donne, cœur et corps, sans rien qui la retienne.

Qu'avait-elle fait pour l'ensorceler à ce point ? Il n'en dormait plus et elle ne se rendait compte de rien... Dans son short et son T-shirt ridicule, elle était incroyablement sexy mais le pire, c'était qu'elle ne le savait pas ! Innocente... Il écrasa nerveusement sa cigarette dans le cendrier. Décidément, il n'en pouvait plus. Il avait trop besoin d'elle. Il décrocha le téléphone. Il fallait faire quelque chose et surtout, ne pas trop réfléchir avant.

— Allô ?

— ...

Il dut tousser un peu avant de pouvoir parler.

— Halloran ?

— Dirk ! C'est vous...

Il perçut la note de plaisir dans la voix ensommeillée.

— Mais Dirk, il est trois heures du matin !

— Plus un mot, Halloran. Ecoutez...

Il prit une profonde inspiration et se lança :

— J'ai accepté de prendre la tête de notre nouvelle branche française.

Il y eut un silence à l'autre bout du fil.

— Oh... Et vous devrez rester en France ?

Il sentit l'anxiété sous la question.

— Je vais diriger l'entreprise. Il faudra bien que je m'installe ici.

— Ah...

133

— Ecoutez bien, Halloran. Je ne peux plus continuer comme ça. Je ne dors plus. Je ne mange plus. J'ai besoin de vous, ici, près de moi. Je vous aime.

— Oh ! Dirk...

— Prenez le prochain avion. Je me fiche de savoir à quelle heure il part. Je serai à Roissy pour vous attendre. Je ne peux plus vivre une seule nouvelle journée sans vous. Il faut que vous veniez tout de suite !

Un silence tendu lui répondit.

— Halloran ? Vous êtes toujours là ?

— Que me demandez-vous exactement, Dirk ?

La voix était plus sèche, presque dure. Il serra les poings.

— Je ne vous demande rien ! Je vous dis simplement que je ne peux plus vivre sans vous et que je veux vous avoir à mes côtés. J'ai besoin de vous.

— Je ne peux pas déménager mon appartement dans la nuit pour vous rejoindre demain.

— Si ! Vous le pouvez ! Prenez vos dispositions par téléphone et venez !

— Et où habiterai-je ?

— Assez de questions stupides. Avec moi, bien sûr ! Je vous veux avec moi, vous comprenez ?

— Très bien... Je suis à vos ordres, je dois tout laisser tomber et courir vous rejoindre. Comprenez-vous exactement ce que vous êtes en train de me demander ?

— Bon sang, Halloran ! Est-ce que vous m'aimez ?

— Je vous l'ai déjà dit, Dirk. Mais ce que vous exigez...

— Et moi, je vous dis que si vous m'aimez, vous allez me rejoindre !

134

Il entendit un drôle de bruit, comme un cri de douleur étouffé.

— Voici ma réponse !

Un déclic. Elle avait raccroché. Il regarda le téléphone d'un air hébété, ne pouvant y croire...

Chapitre dix

Venue de la mer, une brume bleutée noyait le paysage. Le soleil se levait à peine et Karen roulait le long de la côte, en direction de Carmel.

La robe blanche offerte par Dirk était étalée sur la banquette arrière. Toute la nuit, elle s'y était accrochée comme à un talisman et au petit matin, les yeux gonflés par les larmes et l'insomnie, elle avait enfilé un vieux pull et un jean, emporté sa robe blanche et sauté dans sa voiture. Une heure après son départ, elle s'arrêta pour prendre un café et s'aperçut qu'elle était nu-pieds...

Bien sûr, elle se conduisait en petite fille. A son âge, on ne retournait pas chez son père pour se faire consoler... Oui, mais elle avait besoin qu'on l'aide à ne pas sombrer dans le tourbillon des émotions qui la ravageaient. Si elle ne trouvait pas une ancre, elle allait couler. Et seul Paddy avait toujours été là quand elle avait eu besoin de lui.

Le soleil dissipait les dernières écharpes de brume. Elle approchait de la ferme, après un trajet qui lui avait paru interminable. Enfin, elle aperçut les rangées d'avocatiers qui annonçaient la maison.

Au bruit de la voiture, la porte s'ouvrit et

Maggie apparut, rayonnante dans une très jolie robe de soie rose... Il y avait quelque chose d'étrange à la voir habillée ainsi à une heure aussi matinale, mais Karen était trop fatiguée pour se poser des questions.

— Maggie... Paddy est là ?

— Bien sûr, répondit l'infirmière avec un regard inquiet au visage blême de Karen. Je l'appelle tout de suite.

Paddy arriva presque aussitôt, curieusement élégant lui aussi en costume et cravate...

— Karen ?

Elle se jeta dans ses bras.

— Oh ! Paddy...

Stupéfait, il la serra contre lui. Elle se pressa contre son épaule et éclata en sanglots. Il la laissa pleurer tout son soûl et, quand elle fut un peu calmée, il lui donna son mouchoir et l'installa confortablement sur le canapé.

— Maintenant, dis-moi un peu... commença-t-il en posant calmement les mains sur ses épaules. Que se passe-t-il ?

Maggie apporta du café. Karen lui adressa un pauvre petit sourire et en but une grande tasse, essayant de retrouver l'usage de la parole.

— Oh ! papa... Quand tu es tombé amoureux, est-ce que c'était aussi affreux ?

Maggie et Patrick échangèrent un bref regard.

— J'ai des courses à faire, lança Maggie. Excusez-moi, tous les deux. J'en ai bien pour une heure...

Patrick lui jeta un coup d'œil reconnaissant. Dès qu'il fut seul avec sa fille, il reprit :

— Dis-moi ce qui t'arrive, mon petit.

— Dirk m'a téléphoné hier soir. Ou plutôt, très tôt ce matin... Il m'a dit qu'il avait accepté de diriger la nouvelle filiale de la CI en France et, là-dessus, il m'a ordonné de faire mes bagages et de le rejoindre...

— Pour être son assistante ?

Elle essuya rapidement une larme.

— Pour être sa maîtresse, papa ! Sa maîtresse... Je suis tombée amoureuse de lui, avoua-t-elle en baissant la voix. A force de travailler, de se bagarrer ensemble, je ne sais pas... Je l'aime tant que j'en ai mal ! Mais il y a un problème...

— Il est marié... ?

Il avait parlé presque rudement.

— Oh ! Tu ne crois quand même pas que je serais allée chercher un homme marié ! Non... Il ne croit pas au mariage, voilà le problème. Celui de ses parents a été un échec et ça l'a rendu cynique. Est-ce toujours aussi terrible, l'amour ?

Patrick l'attira contre lui. Comme il l'aimait, ce petit bout de femme, son unique enfant... Ils en avaient traversé des tempêtes, tous les deux. Pourvu qu'il puisse encore l'aider...

— Ma chérie, après la mort de ta mère, j'ai voulu chasser de ma mémoire tous les mauvais souvenirs, pour ne chérir à jamais que les bons. Et, peu à peu, j'ai oublié combien l'amour pouvait être difficile, comme il vous brouille les idées. Oui, nous avons eu des problèmes, nous aussi... Quand je suis tombé amoureux d'elle, elle avait dix-sept ans, moi vingt-cinq. Une sacrée différence... Ses parents étaient furieux. Mais nous étions tellement amoureux... Pas moyen de faire marche arrière. Comment combattre un sentiment pareil ? Ça vous dévore tout entier. Il fallait que je l'épouse. Je ne voulais pas souiller notre amour en...

Il s'arrêta brusquement, surpris de parler de

138

ces choses-là avec sa fille. Mais elle était devenue une femme. Et elle avait des ennuis. S'il pouvait l'aider en lui racontant son expérience, il fallait qu'il le fasse...

— Je ne voulais pas simplement coucher avec elle. Je voulais aussi tout le reste, qu'elle partage ma vie pour toujours. Hélas, notre bonheur n'a pas duré si longtemps. Mais, pour le peu de temps qu'il nous a été donné de vivre ensemble, je serai toujours reconnaissant...

Une expression douloureuse assombrit son visage. Karen lui serra doucement la main. Jamais son père ne s'était confié à elle aussi franchement.

— Comment avez-vous convaincu ses parents ?

— Oh ! la solution que nous avons choisie n'avait rien d'original, j'en ai peur, dit-il en retrouvant le sourire. Nous nous sommes mariés en secret et nous les avons mis devant le fait accompli !

— Tu n'étais pas effrayé de faire une chose pareille ?

— Karen, je crois que je n'ai jamais eu si peur de toute ma vie ! J'avais oublié mais je m'en souviens maintenant. C'était affreux ! Si jeune, amoureux fou et ne sachant pas ce que l'avenir vous réserve... Terrible !

— Je n'ai pas peur de l'avenir si je suis avec Dirk. C'est la vie sans lui qui m'effraie...

Patrick lui prit tendrement le menton et la regarda droit dans les yeux.

— J'aimerais pouvoir te donner la solution, Karen. Je voudrais pouvoir l'obliger à prendre le bon chemin. Comment peut-il dire qu'il t'aime s'il ne veut pas t'épouser... ?

— C'est à cause de ce qu'il a vécu. Je le comprends mais je ne peux pas accepter... Non, je ne crois pas que je pourrai... vivre comme ça. J'ai si peur de le perdre, papa. Si peur de me tromper.

Il lui caressa doucement la joue.

— Ecoutez-moi bien, Karen Halloran. Je ne suis pas sûr d'avoir tout réussi dans ma vie mais, toi, tu es mon chef-d'œuvre, ça, j'en suis absolument certain! Je te fais confiance, ce que tu décideras sera ce qu'il y avait de mieux à faire.

— Comment saurai-je que j'ai eu raison?

— Tu le sauras. Crois-moi.

Elle se jeta à son cou et le serra à lui faire mal.

— Oh! papa! Je t'aime tant... La vie était tellement simple quand j'étais petite! Pourquoi a-t-il fallu que tout se complique autant?

— Nous avons l'habitude des problèmes, Karen. Souviens-toi. Nous nous en sommes toujours bien sortis. Il y a une chose que les Halloran savent faire mieux que tout le monde.

— Et c'est?

— Survivre.

Le tintement de l'horloge le fit sursauter. Déjà une heure qu'ils parlaient...

— Karen, avant que Maggie ne revienne, il y a quelque chose que je tiens à te dire.

— Je m'en doutais... Elle a retrouvé du travail ailleurs. Normal. Tu es éclatant de santé! Tu n'as plus besoin d'infirmière. Quand part-elle?

— Karen... Laisse-moi parler avant de t'emballer. C'est justement à cause de Maggie que je suis en si grande forme. Et pas uniquement à cause de ses talents d'infirmière...

Elle le regardait sans comprendre.

— Et alors?

— Alors, au cas où tu ne l'aurais pas remarqué,

140

Maggie est une femme merveilleuse, très belle... Depuis qu'elle est sous mon toit, je suis un autre homme.

Karen commençait à saisir... et la stupeur agrandissait ses yeux. Patrick la regarda en souriant.

— Eh oui ! Je l'aime, Karen. Miracle, elle m'aime aussi. Voilà qui est dit, net et sans détour, à la façon des Halloran ! Maggie et moi, nous allons nous marier.

Elle le serra dans ses bras.

— Mais c'est merveilleux ! Nous pourrons faire la cérémonie ici et organiser une réception dans le patio ! Je vais...

— Karen, tu ne comprends pas... Ça ne t'a pas paru curieux de me voir en costume d'aussi bonne heure ? Quand tu es arrivée, nous partions nous marier en douce...

Maggie les trouva muets, en train de se regarder, exactement dans la même position que lorsqu'elle les avait quittés. Karen semblait pétrifiée.

— Je vois que vous êtes au courant, Karen, fit Maggie d'une voix hésitante.

Karen se tourna vers elle et, pour la première fois, la regarda vraiment. Elle avait de beaux cheveux blonds, un sourire très doux, des yeux bleu clair et une silhouette de jeune fille... Quand son regard croisa celui de Patrick, Karen y vit une tendresse qui lui réchauffa le cœur.

— Maggie, je suis très heureuse pour vous ! s'écria-t-elle en se levant pour l'embrasser. Et encore plus pour Paddy ! Il a bien mérité d'être heureux...

Patrick Halloran poussa un profond soupir et rejoignit les deux femmes qui étaient toute sa vie, les étreignant longuement. Ils éclatèrent de rire tous ensemble mais des larmes brillaient au fond de leurs yeux.

— J'étais tellement obsédée par mes problèmes que j'étais aveugle à tout le reste ! dit Karen en se tamponnant rapidement les paupières. J'ai été si égoïste ! Pardonnez-moi, Maggie...

— Il n'y a rien à pardonner, voyons ! Nous nous cachions un peu, à vrai dire...

— J'aurais quand même pu m'en rendre compte ! Vous partez en voyage de noces ?

Patrick hocha la tête.

— Oui, en croisière... Il est temps que je profite un peu de la vie, maintenant que Maggie est là pour la partager avec moi !

— Karen, avez-vous une autre tenue que celle que vous portez ? demanda subitement Maggie, un grand sourire éclairant son joli visage.

— Oui... Une robe de dentelle, pourquoi ?

— Je pense que votre père serait très heureux si vous acceptiez d'être notre témoin. Et moi, j'en serais ravie...

Elle échangea avec Paddy un regard complice.

— Je suis très touchée, Maggie... Rien ne pourrait me faire plus de plaisir ! Laissez-moi deux minutes pour me préparer !

Elle les quitta en courant et revint subitement sur ses pas.

— Est-ce que je vous ai dit que je vous trouve vraiment formidables, tous les deux ?

La cérémonie fut simple et émouvante. Pendant que le juge de paix unissait son père et Maggie, Karen ne pouvait s'empêcher de penser à Dirk. Leur amour était tellement différent... Elle repoussa vaillamment ses douloureux souvenirs.

142

Ce n'était pas le moment de tout gâcher en éclatant en sanglots.

Ils retournèrent tous à la ferme pour boire une coupe de champagne. Paddy et sa femme avaient l'air si heureux ! Si seulement l'amour était toujours aussi simple...

Enfin, Karen se changea et déposa la robe de dentelle dans la voiture. Patrick et Maggie, main dans la main, l'accompagnèrent sur le perron.

— Pourquoi ne pas rester pour déjeuner, Karen ?

— Jamais de la vie ! Vous avez besoin d'être un peu seuls. Au revoir, Paddy. Je t'aime. Tu es tout ce qui m'est arrivé de meilleur... A bientôt, Maggie. Et bonne chance ! Vous allez en avoir besoin avec ce fichu caractère d'Irlandais !

Maggie la serra dans ses bras en riant et elle monta en voiture. Juste avant qu'elle ne démarre, Paddy lui cria :

— On fait toujours équipe, Karen ?

Elle sourit.

— Une sacrée bonne équipe !

Elle lui jeta un baiser du bout des doigts, qu'il fit semblant d'attraper... Et en s'éloignant, le regard brouillé de larmes, Karen regardait sa haute silhouette diminuer dans le rétroviseur.

Décidément, elle ne pouvait pas rentrer tout de suite. Il lui fallait se promener un peu, essayer d'oublier. Elle retrouva le chemin, cent fois parcouru dans sa jeunesse, qui menait au marché aux puces... Et quand elle reprit la voiture pour Silicon Valley, il faisait presque nuit. Le siège arrière croulait sous les trésors qu'elle avait dénichés. Et curieusement, chacun d'eux rappelait un petit coin de France où elle avait passé de si merveilleux moments. Un petit tableau représentant un coin de campagne, avec ses vieilles maisons aux toits d'ardoise et un clocher pointant vers le ciel, un morceau d'étoffe dont elle recouvrirait un petit banc, qui ressemblait étrangement au tissu de la causeuse qui se trouvait dans sa chambre, à l'auberge...

A défaut de pouvoir y retourner, cherchait-elle à en recréer une imitation ? A cette idée, ses mains se crispèrent un peu plus sur le volant.

Elle s'arrêta pour dîner au motel habituel, sur la côte. En s'installant à sa table, près du feu, elle se rappela brusquement que c'était ici qu'elle avait vu Dirk pour la première fois... La gorge serrée, elle tourna son regard vers le bar faiblement éclairé, comme si... Une silhouette familière se dessinait dans l'ombre et elle sentit son cœur s'arrêter de battre. L'homme se leva, paya et sortit. Un parfait inconnu. La déception lui fit l'effet d'un coup de poignard. Elle dîna sans s'en apercevoir, repensant aux paroles de son père. Comment était-il si sûr qu'elle puisse choisir la bonne solution ? Elle ne savait plus où elle en était... Dirk Carlson était entré dans sa vie et, avec lui, tout un cortège de doutes et de chagrins...

Avant qu'il ne l'embrasse, ce soir-là, dans le jardin, elle ne savait rien de la passion. Un autre pourrait-il jamais provoquer en elle un sentiment aussi fort et tumultueux ? D'ailleurs, qui pourrait jamais se mesurer à Dirk ?

Curieux. Avant, elle se demandait qui pouvait se comparer à Paddy et à présent...

Dans son métier, elle avait toujours réussi à force de volonté et de travail. Mais en amour, vouloir ne suffisait plus... Dirk en avait trop vu dans sa jeunesse pour comprendre tout ce qu'une union représentait pour elle.

Elle paya un dîner à peine entamé et rentra chez elle.

Après tout, on ne mourait pas d'une déception sentimentale. Les cœurs brisés continuaient de battre. Il fallait tenir et s'accommoder de ce que la vie voulait bien vous accorder. Son père avait survécu à la mort de son premier amour et, avec le temps, il avait même pu aimer de nouveau.

Karen essuya ses larmes. C'était la dernière fois qu'elle pleurait sur Dirk Carlson. Elle avait tourné la page. Et soudain, elle se sentit plus forte. Il l'avait blessée. Profondément. Mais les paroles de Paddy éclairaient les ténèbres où elle se débattait. Elle était une Halloran... Elle releva fièrement le menton. Et s'il y avait une chose que les Halloran savaient faire mieux que les autres, c'était survivre.

Chapitre onze

Dirk regardait par le hublot, furieux contre lui-même. Il se serait donné des coups s'il avait pu ! Réfléchir... Il n'avait jamais pris le temps de réfléchir sérieusement à la question. Et maintenant, dans cet avion, il en avait du temps — trop, même — et il ne lui restait plus qu'à recenser ses erreurs... Comment avait-il réussi à en accumuler autant ? Il avait dit et fait exactement le contraire de ce qu'il aurait fallu !

Elle était si jeune, si douce... Elle avait amené un souffle nouveau dans sa vie. Et lui, qu'avait-il fait ? Il l'avait poussée à bout, poussée à fuir. Pour toujours.

Pourtant, il n'avait pas voulu être brutal. Il avait décidé d'avancer en douceur, de lui faire la cour. La cour ! Plein d'amertume, il ferma les yeux. Il lui avait accordé exactement une journée sur son précieux emploi du temps ! Vingt-quatre heures... Les plus heureuses de son existence.

Il se souvenait de chaque instant de cette journée. Son regard presque respectueux quand elle avait pris le volant de la voiture, les taches sur son chemisier quand elle avait réparé le Delco, sa joie quand il lui avait offert la robe et puis l'ombrelle... Et son excitation quand la montgolfière s'était élevée dans les airs ! Et le

146

merveilleux dîner qui avait suivi... Il en avait presque oublié de manger tant il n'avait pu la quitter des yeux. Elle était l'image même du bonheur, ce soir-là. Pendant toute cette journée il s'était laissé aller, sans contrainte, heureux et insouciant pour la première fois depuis bien longtemps. Il se sentait si parfaitement bien avec elle. Et voilà qu'il l'avait perdue...

A trente-trois ans, il connaissait bien les femmes. Elles s'étaient suffisamment jetées à son cou pour qu'il puisse se permettre une légère pointe de cynisme à leur égard. Mais avec Karen, c'était différent. Il se sentait timide comme un collégien et, pour la première fois, vraiment amoureux. Comment avait-il pu se montrer aussi maladroit ?

Avant de la rencontrer, il n'existait qu'une seule passion dans sa vie : son travail. L'échec de ses parents lui avait servi de leçon et il était resté volontairement célibataire, voulant consacrer son existence à quelque chose de plus solide que le mariage. Et puis elle était arrivée...

L'aéroport Kennedy bruissait de monde. L'œil hagard, il se jeta dans la foule et se fraya un chemin jusqu'à la correspondance pour San Francisco, bousculant les gens sans même s'en apercevoir. Quand le deuxième avion atterrit, Dirk ne ressemblait plus à rien. Sa chemise moite lui collait à la peau, un début de barbe lui mangeait les joues et il avait jeté sa veste froissée sur son épaule.

Pied au plancher, il poussa sa Porsche au maximum et parvint très vite devant chez elle. Il gravit les escaliers quatre à quatre pour s'effondrer sur la sonnette. La porte resta close. Aucun signe de vie...

Au drugstore du coin, il téléphona chez Paddy. La sonnerie retentit douze fois avant qu'il ne se décide à raccrocher. Que faire ? Il se mit à arpenter la rue comme un fou et soudain la solution fut là, évidente : un jour ou l'autre, Karen rentrerait chez elle. Eh bien ! il attendrait. Il allait se poster devant l'immeuble et ne pas bouger d'un pouce avant de l'avoir vue, dût-il prendre racine !

Il s'installa dans sa voiture, regardant sa montre de plus en plus souvent. L'heure tournait... Au fur et à mesure que l'attente se prolongeait, le désespoir qu'il avait vaillamment combattu toute la journée reprenait le dessus et il finit pas s'y abandonner. Le manque de sommeil, les effets du décalage horaire avaient raison de sa volonté. Il avait gagné, il avait eu ce qu'il voulait : sans Karen, la seule passion qui lui restait était son métier... Dans quelques années, il ressemblerait à son père : un homme sans but, cherchant désespérément une femme qui le flatte. Lui, il n'en épouserait aucune. Il s'en amuserait un moment, pour les abandonner quand il en serait fatigué. Et chaque année, la demoiselle serait plus jeune... Et lui plus vieux, plus désespéré et plus seul...

L'éclair soudain d'un phare le réveilla. Où était-il ? Ah ! oui... Il s'était endormi sur le volant. Il se redressa, frottant sa nuque douloureuse... La portière d'une voiture claqua. Karen ? Pourvu que ce soit elle...

Elle était rentrée sans se presser, repoussant le moment de retrouver son appartement vide. Un bain et une nuit de repos lui feraient du bien. Cette journée trop fertile en émotions avait eu raison d'elle... Lorsqu'elle engagea sa voiture dans l'allée, elle aperçut la Porsche. La gorge soudain sèche, elle crut qu'elle allait se trouver mal. Le sang se mit à battre follement à ses tempes...

Où était-il ? Assis sur les marches, à attendre qu'elle rentre ? Elle ferma sa voiture, chercha les clés de l'appartement et plongea dans l'obscurité. Elle mettait la clé dans la serrure quand elle sentit une présence derrière elle... Dirk poussa brutalement la porte.

— Dirk ? Qu'est-ce qui vous arrive ? Vous avez une tête à faire peur !

— Merci...

Sa voix était rauque, fatiguée.

— Drôle de façon d'accueillir quelqu'un qui vient de traverser la moitié du globe pour vous voir... En tout cas, vous, vous ne changez pas, ajouta-t-il en remarquant le vieux pull et le jean délavé.

Elle rentra chez elle sans l'inviter à la suivre mais il n'attendit pas sa permission et, refermant la porte derrière lui, s'y adossa tranquillement.

— Il y a longtemps que vous attendez ? demanda-t-elle pour meubler le silence.

— Des heures.

— Le voyage s'est bien passé ?

— Non.

— Eh bien ! voilà qui épuise tous les sujets de conversation possibles...

Elle disparut dans la cuisine où elle remplit la bouilloire. Il la suivit, ne quittant pas des yeux sa fine silhouette.

— Mais je ne pense pas que vous ayez fait tout ce chemin pour le plaisir de ma conversation, reprit-elle.

— Vous m'avez raccroché au nez, Halloran. Je n'avais plus qu'à revenir pour vous forcer à écouter la suite...

Il parlait calmement. Toujours ce sang-froid insupportable !

— Vous n'avez pas très bien compris la situation, Dirk. Vous ne pouvez pas me forcer à faire quoi que ce soit contre mon gré.

— Je sais cela, Halloran. Mais je... je ne réfléchis pas toujours avant de parler. Il n'était pas question de vous forcer. Jamais je ne ferai une chose pareille.

— Bien. Si vous étiez venu pour me dire ça, voilà qui est fait. Vous avez suffisamment abusé de mon temps. Une tasse de thé avant de partir ?

— Non ! gronda-t-il.

Elle se servit une tasse et la porta au salon.

— Je n'ai réellement pas beaucoup de temps à vous accorder, Dirk. Il est tard et j'ai eu une journée très fatigante.

Elle leva sur lui un regard vide d'expression.

— Alors... que puis-je d'autre pour vous ?

— Vous ne me facilitez pas les choses, Halloran...

Elle vit le petit muscle bouger au coin de sa bouche.

— Non je n'y tiens pas.

Dirk farfouilla dans ses poches à la recherche d'une cigarette et prit son temps pour l'allumer. Peut-être parce que ses mains tremblaient un peu...

— Ces conversations téléphoniques sont tellement frustrantes... Vous m'avez terriblement manqué, Karen. Je n'en dormais plus. Je ne crois pas avoir dormi plus de trois heures par nuit depuis que je vous ai quittée.

150

— Pauvre chéri...

Il lui lança un regard peiné.

— Et dire que je m'aperçois seulement maintenant que vous pouvez mordre, Halloran...

— Eh bien ! il n'est jamais trop tard... Félicitations pour votre sagacité !

En deux enjambées, il fut près d'elle. L'attrapant par le bras, il l'obligea à se lever.

— Arrêtez ça ! Nous savons tous deux pourquoi je suis ici.

— Vous peut-être, mais pas moi ! Je pensais que tout avait été dit hier soir, au téléphone.

Elle se dégagea et se réfugia près de la fenêtre. Il lui fallait mettre de l'espace entre eux, comme un garde-fou. Si elle voulait vraiment le renvoyer, elle ne pouvait pas se permettre le moindre contact physique avec lui. Si elle le laissait approcher, elle était perdue. Dirk se rapprocha mais pas trop... Il savait, lui aussi, que s'il la touchait, il perdrait tout contrôle de lui-même. Et ça n'était pas le moment. Il ne fallait pas qu'il gâche sa dernière chance. Il ne fallait pas l'effrayer avant d'avoir pu lui parler...

— Je ne sais pas comment cela s'est produit... Je voulais simplement travailler correctement avec vous quelques semaines et, ensuite, choisir moi-même mon assistant. Je ne m'attendais pas à vous voir prendre une telle place dans ma vie...

La voyant se raidir, il continua sans prendre le temps de respirer, comme si elle pouvait s'envoler à la moindre interruption. Il fallait qu'elle sache.

— La dernière chose dont j'avais besoin, Halloran, c'était de complication. Et vous êtes devenue une sacrée complication pour moi.

Elle regarda son visage marqué par l'anxiété,

ses traits tirés et sa barbe naissante. Instinctivement, elle leva la main comme pour effacer toute cette fatigue d'une caresse. Mais il recula.

— Non. Laissez-moi terminer d'abord... Vous avez pris une place très spéciale dans ma vie. Je respecte votre opinion au sujet du mariage et de l'amour. Au début, je ne la partageais pas mais j'ai toujours essayé d'en être respectueux. Maintenant, à voir comment vous m'avez bouleversé, je suis convaincu que vous êtes dans le vrai.

Il passa une main lasse sur son menton, se rendant compte pour la première fois qu'il devait avoir l'air d'un bandit.

— Quand je vous ai téléphoné, je me sentais si seul, si malheureux que je ne pensais pas pouvoir survivre un jour de plus sans vous. Quand je vous ai demandé de venir me rejoindre, je ne voulais pas vous dire de... d'habiter avec moi... Je vous demandais de m'épouser.

A ces mots, le cœur de Karen s'affola.

— Si je me souviens bien, vous ne m'avez rien demandé du tout ? Vous vous êtes contenté d'ordonner...

Il sentit la colère monter en lui. Est-ce qu'elle allait répondre à sa demande en mariage, oui ou non ?

— Allez-y, fit Karen.

Il la regarda sans comprendre.

— Allez-y ! Faites votre demande en bonne et due forme !

— Halloran, voulez-vous m'épouser ?

Elle eut un grand sourire.

— Quel romantisme ! Jamais nos petits-enfants ne me croiront quand je leur raconterai ça !

— Mais allez-vous répondre, bon sang ?

Elle éclata de rire et se jeta dans ses bras.

— Oh Dirk! Bien sûr que je veux vous épouser!

— C'est vrai? Bien vrai?

Il l'étreignit longuement. C'était si bon de la toucher, de sentir à nouveau son parfum, ses cheveux contre ses lèvres...

— J'ai cru vous perdre... Je vous aime, Halloran, plus que tout au monde...

Il prit sauvagement sa bouche et le désir jaillit en elle. Soudain, elle ne fut plus qu'attente, attente d'une délivrance que lui seul saurait lui apporter.

Il s'écarta d'elle brusquement, une étincelle de colère au fond des yeux.

— Ne me refaites plus jamais ce coup-là, Halloran! Vous m'entendez? Ne vous avisez plus de me raccrocher au nez! J'ai failli devenir fou... Promettez-le-moi.

Elle leva solennellement la main.

— Je vous le jure, Dirk. A partir d'aujourd'hui, nous resterons en ligne, sur la même longueur d'ondes. Toutefois, ajouta-t-elle avec un sourire espiègle, je ne peux pas vous promettre que nous ne nous disputerons plus jamais...

— Oh! J'adore me bagarrer avec vous! Vous êtes la meilleure pugiliste que je connaisse!

Il se laissa tomber dans un fauteuil et l'attira sur ses genoux. Il aimait sa douceur, ce corps qui se moulait si naturellement au sien, répondant instinctivement à son désir...

— C'est qu'il y a un problème... fit-elle soudain.

Il se raidit.

— Lequel?

— Il va falloir que vous trouviez une autre

153

façon de m'appeler. Les gens ne comprendront jamais que vous appeliez votre femme Halloran...

— On peut essayer... chérie ? Qu'en pensez-vous ?

— Beaucoup trop gentil, fit-elle en riant. Ça ne vous ressemble pas du tout !

Les lèvres de Dirk effleurèrent son cou et il murmura tendrement :

— Vous n'allez pas insister pour un de ces grands mariages avec fleurs, demoiselles d'honneur et tout le tralala, n'est-ce pas ?

Elle se renversa en arrière. Elle adorait le contact de ses lèvres sur sa peau...

— Pas de grandes cérémonies. Juste vous et moi.

Le désir montait en elle. Elle approcha sa bouche de la sienne et murmura tout contre ses lèvres :

— Ça vous convient comme ça ?

Il l'embrassa, achevant de ruiner le peu de contrôle qu'elle gardait encore sur elle-même et glissa les mains sous son pull.

— Et si nous allions nous marier à Carmel, avec Paddy pour témoin ?

— C'est vrai, vous ne savez pas ! Paddy et Maggie sont mariés depuis ce matin ! Je suis arrivée au milieu de la cérémonie ! Et vous aviez raison au sujet de Maggie... Elle est adorable. Au lieu de m'en vouloir de cette intrusion, elle m'a demandé d'être leur témoin ! A l'heure qu'il est, ils sont partis en croisière... en voyage de noces.

— Quel dommage que je ne vous aie pas rattrapée plus tôt... Nous aurions pu célébrer un double mariage... Moi aussi, j'ai une surprise pour vous. Quand Mme Dumas a su que je devais rester en France, elle m'a aussitôt demandé si

154

vous deviez venir aussi... Je crois qu'elle vous aime beaucoup. Karen, si nous achetions cette vieille auberge ? Je suis certain que les Dumas y resteraient. Ils n'ont aucun parent... Nous pourrions devenir leur famille adoptive... ?

— Oh Dirk ! Vous pensez qu'ils accepteraient ?

— Si vous étiez d'accord, je crois même qu'ils en seraient heureux.

— Ce serait merveilleux !

Il resserra son étreinte, enflammant son corps au contact du sien. Ses lèvres glissèrent avidement sur sa gorge.

— Karen, marions-nous très vite... Je ne pourrai plus attendre longtemps...

Sous son pull, ses mains retrouvaient le chemin de ses seins.

— Les délais sont longs en France ? soufflat-elle.

. — Je n'en sais rien... murmura-t-il.

Karen déboutonnait sa chemise froissée par le voyage.

— ... mais ça n'a pas d'importance. Je connais une charmante vieille auberge où nous pourrons attendre qu'ils soient écoulés...

Ce livre de la *Série Romance* vous a plu. Découvrez les autres séries Duo qui vous enchanteront.

Désir, la série haute passion, vous propose l'histoire d'une rencontre extraordinaire entre deux êtres brûlants d'amour et de sensualité.
Désir vous fait vivre l'inoubliable.

Série Désir : 6 nouveaux titres par mois.

Harmonie vous entraîne dans les tourbillons d'une aventure pleine de péripéties.
Harmonie, ce sont 224 pages de surprises et d'amour, pour faire durer votre plaisir.

Série Harmonie : 4 nouveaux titres par mois.

Amour vous raconte le destin de couples exceptionnels, unis par un amour profond et déchirés par de soudaines tempêtes.
Amour vous passionnera, *Amour* vous étonnera.

Série Amour : 4 nouveaux titres par mois.

Série Romance : 6 nouveaux titres par mois.

Duo

Série Romance

231 **JOAN SMITH**
Comment épouser
un millionnaire?

Lorsque, grâce à l'une de ses amies, Kim rencontre
John Balfour, riche célibataire à marier, elle a toutes
les peines du monde à le persuader que ce ne sont
pas ses millions qui l'intéressent mais l'homme
qui se cache derrière...

232 **ELAINE CAMP**
Les pièges de l'été

Dès l'arrivée d'Isabel à Sunset Valley,
son grand-père lui propose un marché : épouser
Hubert Delamare et hériter avec lui du domaine
ou renoncer à tout. La jeune fille n'a pas le choix ;
elle accepte, bien décidée à se venger...

233 KAY STEPHENS
Un trop lourd secret

Appelée pour expertiser des tableaux dans
un mystérieux manoir du Yorkshire, Joy n'est pas
rassurée. Il règne dans la vaste demeure
une ambiance inquiétante, lourde de secrets,
envoûtante presque comme le regard fascinant
de son propriétaire...

235 NORA ROBERTS
Les manèges du destin

L'enthousiasme de David Kirksen est communicatif.
Ne va-t-il pas jusqu'à pousser Lauren à exploiter
le talent de sculpteur qui sommeille en elle ?
Cet homme a bouleversé sa petite vie tranquille.
Il la dérange et l'attire à la fois...

236 DIANA PALMER
Ce n'est pas un jeu

Avec un travail intéressant, un gentil fiancé
et une grosse fortune, l'avenir de Vivian semble
assuré. L'arrivée inopinée de son tuteur, Michael
Foxe, remet tout en question. Ne s'avise-t-il pas
de vouloir partager son cottage et évincer son
fiancé ? La cohabitation s'avère orageuse...

Ce mois-ci

Duo Série Harmonie

Duo Série Désir

Duo Série Amour

Achevé d'imprimer sur les presses de l'Imprimerie Bussière
à Saint-Amand-Montrond (Cher)
le 14 décembre 1984. ISBN : 2-277-80234-4. ISSN : 0290-5272
Nº 2377. Dépôt légal décembre 1984. Imprimé en France

Collections Duo
27, rue Cassette   75006 Paris
diffusion France et étranger : Flammarion